लोकप्रिय जातक कथाएँ

लोकप्रिय जातक कथाएं

महेश दत्त शर्मा

प्रभात
प्रकाशन

प्रकाशक
प्रभात प्रकाशन प्रा. लि.
4/19 आसफ अली रोड, नई दिल्ली–110002
फोन : 011–23289777 • हेल्पलाइन नं. : 7827007777
इ–मेल : prabhatbooks@gmail.com ❖ वेब ठिकाना : www.prabhatbooks.com

संस्करण
2025

चित्रांकन
ओमप्रकाश

पेपरबैक मूल्य
चार सौ रुपए

मुद्रक
नरुला प्रिंटर्स, दिल्ली

★

LOKPRIYA JATAK KATHAYEN
by Shri Mahesh Dutt Sharma

Published by **PRABHAT PRAKASHAN PVT. LTD.**
4/19 Asaf Ali Road, New Delhi-110002

ISBN 978-93-5266-009-4

₹ 400.00 (PB)

अपनी बात

भगवान् बुद्ध के अनुयायी बुद्ध घोष ने कोई दो हजार वर्ष पहले जातक कथाएँ लिखीं। जातक कथाएँ त्रिपिटक के सुत्त पिटक के खुद्दकनिकाय का हिस्सा हैं। कहा गया है कि भगवान् बुद्ध ने गौतम के रूप में जब जन्म लिया, उसके पहले वे बहुत से जन्म ले चुके थे। उन्होंने इसके पहले तपस्वी, राजा, वृक्ष, देवता, सिंह, हाथी, घोड़ा, गीदड़, भैंसा, कुत्ता, बंदर, मछली, सूकर आदि के कितने ही जन्म लिये थे। सबसे पहले जन्म में भगवान् बुद्ध सुमेघ तपस्वी के रूप में पैदा हुए थे और सबसे अंत में बेसंतर के रूप में। तीन बार उन्होंने चांडाल के घर में जन्म लिया था। एक बार वे जुआरी के रूप में रहे। इनमें से कुछ कथाएँ जगप्रसिद्ध हैं। इनका प्रचार संसार के कोने-कोने में हुआ है।

इन जातक कथाओं की तर्ज पर ही ईसप की कथाएँ, अरब की कथाएँ आदि लिखी गईं। इसके अलावा भी दुनिया के तमाम कथा साहित्य में इन कथाओं का प्रभाव स्वतः ही देखने को मिल जाएगा।

जातक कथाओं में भगवान् बुद्ध के 547 जन्मों का वर्णन है। कथाओं की विविधता, शैक्षिकता, रोचकता और उपयोगिता को बढ़ाने के लिए इस पुस्तक में भगवान् बुद्ध के प्रेरक प्रसंगों को भी स्थान दिया गया है। कथाओं में पात्रों के रूप में पशु-पक्षियों, मनुष्य, सामाजिक परिवेश, भावनाओं इत्यादि सभी का समावेश भगवान् बुद्ध के विराट् व्यक्तित्व को दरशाता है।

इतने सालों बाद आज भी इन अमरकथाओं की प्रासंगिकता जस-की-

तस बनी हुई है। इनके अध्ययन और अनुकरण द्वारा निश्चित ही नीति सहित नैतिक रूप से भी निपुण हुआ जा सकता है, इसमें जरा भी संदेह नहीं है।

हर उम्र के पाठकों के लिए एक पठनीय, संग्रहणीय और अनुकरणीय पुस्तक।

—महेश दत्त शर्मा

अनुक्रम

1
दुष्टकुमार

प्राचीन काल में वाराणसी में राजा ब्रह्मदत्त राज्य करता था। उसके पुत्र का नाम दुष्टकुमार था। दुष्टकुमार स्वभाव से बहुत कठोर और सर्प के समान भयंकर था। बिना गाली-गलौज और बिना मारे-पीटे वह किसी से बात तक नहीं करता था। अपने दुष्ट स्वभाव के कारण वह लोगों को बहुत अप्रिय था। आँख की किरकिरी के समान वह सबको खटकता और खाने के लिए मुँह-बाए पिशाच के समान भयानक मालूम होता था।

एक दिन की बात है, दुष्टकुमार अपने नौकरों-चाकरों के साथ नदी के किनारे खेलने गया। इतने में बड़े जोर से बादल घिर आए और सब जगह अँधेरा छा गया।

दुष्टकुमार ने नौकरों से कहा, 'सेवको! चलो, मुझे नदी के बीच ले चलकर नहलाओ।'

नौकरों ने सोचा, 'क्यों न हम इस पापी को यहीं समाप्त कर दें, राजा हमारा क्या बिगाड़ लेगा?'

इस प्रकार आपस में सलाहकर उन्होंने उस मनहूस को नदी की बीच धार में डुबो दिया। घर लौटने पर जब राजकुमार के बारे में पूछा गया तो नौकरों ने कह दिया कि हमें मालूम नहीं, वह कहाँ है।

यह समाचार राजा के पास पहुँचा। उसने मंत्रियों से पूछा।

मंत्रियों ने कहा, 'महाराज, हमने समझा, कुमार नदी में नहाकर घर आ गए होंगे।'

राजा ने कुमार की खोज में चारों ओर आदमी दौड़ाए, किंतु कहीं पता नहीं चला। उस दिन बहुत जोर की वर्षा हुई। दुष्टकुमार के हाथ में नदी में बहता हुआ एक लक्कड़ पड़ गया। उस पर बैठा, रोता-चिल्लाता वह नदी में बहने लगा।

वाराणसी का एक धन्ना सेठ उसी नदी किनारे हजारों सोने के सिक्के गाड़कर मरा था और धन के लोभ से अब सर्प बनकर वहाँ पैदा हुआ था।

वर्षा के कारण सर्प के बिल में पानी भर गया और वह भी नदी की धार में बहने लगा।

नदी में बहते हुए उसने इस लक्कड़ को देखा और उसे पकड़कर वह उसके एक कोने में बैठ गया।

इसी नदी के किनारे एक चूहा रहता था। यह चूहा भी पूर्वजन्म में वाराणसी का बड़ा सेठ था। उसने नदी के किनारे कई घड़े धन गाड़कर रखा था और उसके लोभ से अब चूहा बनकर पैदा हुआ था।

वर्षा के कारण चूहे के बिल में पानी भर गया और वह भी नदी में बहने लगा। यह चूहा भी उस बहते हुए लक्क्ड़ के किनारे जा बैठा। नदी के किनारे सेमल का एक वृक्ष था। उस पर तोते का एक शावक रहता था। बाढ़ में सेमल की जड़ें उखड़ गईं और वृक्ष गिर पड़ा। तोते का शावक वृक्ष पर से उड़कर न जा सका। वह भी नदी में बहने लगा। वह भी बहते हुए लक्कड़ के ऊपर जा बैठा।

उस समय एक भिक्षु नदी के मोड़ पर अपनी पर्णशाला बनाकर रह रहा था। आधी रात को वह इधर-उधर टहल रहा था। इतने में एकाएक किसी के रोने का शब्द सुनाई दिया। बाहर आकर देखा तो एक आदमी लक्कड़ पर बैठा नदी में बहा जा रहा है।

भिक्षु ने सोचा, मेरे रहते हुए इसे अपने प्राणों से हाथ धोना पड़े, यह ठीक नहीं, अतएव नदी से निकालकर इसकी रक्षा करनी चाहिए।

भिक्षु ने वहीं से चिल्लाकर कहा, 'डरो मत, डरो मत।' और वह तेजी से पानी की धार को चीरता हुआ लक्कड़ के पास जा पहुँचा। लक्कड़ के सिरे को उसने जोर से पकड़ा और खींचकर नदी के किनारे ले आया।

भिक्षु ने देखा कि लक्कड़ के ऊपर राजकुमार के अतिरिक्त एक सर्प, एक चूहा और एक तोता भी बैठे हुए हैं।

उन्हें उठाकर वह अपनी कुटिया में ले आया। उसने आग जलाई और उनकी परिचर्या में लग गया। भोजन खिलाते समय भी भिक्षु ने सर्प आदि का ही अधिक ध्यान रखा। भिक्षु का यह आचरण राजकुमार को बहुत बुरा लगा। उसने सोचा, देखो, इस पाखंडी को, मुझ जैसे राजकुमार का ध्यान न कर, यह पहले इनकी सेवा करता है।

कुछ समय बाद चारों स्वस्थ हो गए तो उन्होंने अपने घर जाने की इच्छा प्रकट की। सबसे पहले सर्प ने उठकर भिक्षु को नमस्कार कर कहा, 'भंते, आपने मेरा महान् उपकार किया है। मैं आपका बहुत कृतज्ञ हूँ। आप मुझे दरिद्र न समझें। नदी के किनारे मेरा बड़ा खजाना गड़ा हुआ है। आपको यदि कभी धन की आवश्यकता हो तो आप उस स्थान पर जाकर 'दीर्घ' कहकर पुकारें। मैं आपकी सेवा में उपस्थित हो जाऊँगा।'

इसके बाद चूहे ने उठकर कहा, 'भंते, आप नदी के किनारे 'उन्दुर' कहकर आवाज लगाएँ, मैं शीघ्र ही आपकी सेवा में उपस्थित होऊँगा।'

तोते ने भी कृतज्ञता जताते हुए कहा, 'तपस्विन्, मेरे पास धन नहीं तो क्या, मैं आपको जितने चाहिए रक्तशालि दे सकता हूँ। कृपया आप मेरे घोंसले के पास जाकर 'सुवा' कहकर मुझे आवाज दें। मैं शीघ्र ही अपनी बिरादरी के लोगों से कहकर गाड़ियों धान मँगवाकर आपको दे सकूँगा।'

तत्पश्चात् राजकुमार की बारी आई। राजकुमार ने मन-ही-मन सोचा, यह तपस्वी बड़ा पाखंडी है। जब यह मेरे घर आएगा तो मैं इसे जीता न छोड़ूँगा।

उसने कहा, 'भंते, मेरे राजा होने के बाद आप मेरे यहाँ अवश्य पधारें। मैं आपका बहुत सत्कार करूँगा।'

कुछ समय बाद भिक्षु ने सोचा, चलूँ, इन सबकी परीक्षा करूँ और देखूँ कौन-कौन क्या करता है ?

सबसे पहले भिक्षु साँप के बिल के पास पहुँचा। आवाज सुनते ही साँप तुरंत बिल से निकलकर आया और कहने लगा, 'महाराज, मेरा सब धन स्वीकार कर कृतार्थ करें।'

भिक्षु यह कहकर चल पड़ा कि फिर कभी आऊँगा।

चूहे और तोते ने भी भिक्षु के प्रति अपनी कृतज्ञता प्रकट की। भिक्षु ने उन्हें भी वही उत्तर दिया।

कुछ समय बाद भिक्षा माँगते हुए उसने वाराणसी में प्रवेश किया। उस समय राजा अपने हाथी पर बैठकर बहुत से नौकर-चाकरों के साथ नगर की प्रदक्षिणा कर रहा था।

भिक्षु को दूर से आते हुए देखकर उसने सोचा, यह वही पाखंडी है, जो मेरे घर मुफ्त में रहने और खाने के लिए आ रहा है, अतएव इसके कुछ माँगने के पहले ही इसका सिर कटवा देना चाहिए।

राजा ने कर्मचारियों को संकेत करते हुए कहा, 'देखो, यह पाखंडी मुझसे कुछ माँगने आ रहा है। इस मनहूस को मेरे पास न आने दो। इसे पकड़कर इसके हाथ बाँध लो और चौराहों पर पीटते हुए नगर के बाहर निकाल दो। इसके बाद सिर काटकर धड़ को सूली पर लटका दो।'

राजा की आज्ञा पाते ही कर्मचारियों ने भिक्षु को पकड़ लिया और मारने के लिए ले चले।

भिक्षु सोचता हुआ जा रहा था, 'कुछ लोग ऐसे होते हैं, जिनकी पानी से रक्षा करने की अपेक्षा लकड़ी के लट्ठे की रक्षा करना ही अच्छा है।' □

2
राई के दाने

श्रावस्ती नगरी में शागौतमी नाम की एक कन्या रहती थी। गौतमी उसका असली नाम था। काम करते-करते वह जल्दी थक जाती थी, इसलिए लोग उसे शागौतमी के नाम से पुकारते थे। गौतमी ने जवानी में प्रवेश किया और उसका विवाह हो गया।

गौतमी गरीब घराने की थी, अतएव उसकी ससुराल के लोग उसका यथोचित् आदर नहीं करते थे।

कुछ समय बाद गौतमी के एक पुत्र हुआ। अब घर में उसका आदर होने लगा, लेकिन होनहार कुछ दूसरी ही थी। गौतमी का शिशु जब कुछ बड़ा हुआ और खेलने लायक हुआ तो ईश्वर ने उसे उठा लिया।

गौतमी ने सोचा, पुत्र-जन्म से पहले मेरा इस घर में अनादर होता था। पुत्र-जन्म के बाद लोग मेरा आदर करने लगे, लेकिन अब ये लोग मेरे प्रिय शिशु को न जाने कहाँ छोड़ देंगे?

गौतमी अपने मृत पुत्र को गोद में ले, उसके लिए घर-घर दवा माँगती फिरने लगी। लोग ताली बजाकर हँसी-ठट्ठा करते और कहते, 'पगली, कहीं मरे हुए की भी दवा होती है।'

किसी भले आदमी को गौतमी पर बहुत दया आई। उसने सोचा, इसमें इस बेचारी का दोष नहीं। यह पुत्र-शोक से पागल हो गई है। इसकी दवा

बुद्ध भगवान् को छोड़कर और किसी के पास नहीं।

उसने कहा, 'देवी, तुम बुद्ध भगवान् के पास जाकर उनसे पूछो।'

गौतमी अपने शिशु को गोद में ले, जहाँ बुद्ध पालथी मारे बैठे थे, पहुँची और अभिवादन करके बोली, 'महाराज, मेरे पुत्र को दवा दीजिए।'

तथागत ने कहा, 'तूने अच्छा किया, जो यहाँ चली आई। देख, तू इस नगर में से, जिस घर में किसी की मौत न हुई हो, राई के दाने माँग ला। फिर मैं तुझे दवा दूँगा।'

भगवान् की बात सुनकर गौतमी बहुत प्रसन्न हुई और राई के दाने लेने के लिए चल दी।

पहले घर में जाकर उसने निवेदन किया, 'देखिए, बुद्ध भगवान् ने मुझे आप लोगों के घर से राई माँगकर लाने को कहा है, आप लोग राई देने की कृपा करें।'

गौतमी के ये शब्द सुनकर एक आदमी झट से घर में से राई के दाने ले आया और गौतमी को देने लगा।

गौतमी ने पूछा, 'पहले यह बताइए कि इस घर में किसी की मौत तो नहीं हुई?'

यह सुनकर घर के लोग आश्चर्य से कहने लगे, 'गौतमी, यह तू क्या कह रही है, यहाँ कितने आदमी मर चुके हैं, इसका कोई हिसाब है?'

गौतमी बोली, 'तो मैं आपके घर से राई न लूँगी।'

गौतमी दूसरे घर गई। सब जगह उसे वही जवाब मिला। उसने समझा, शायद सारे नगर में यही बात हो।

उसे एकदम ध्यान आया कि बुद्ध भगवान् ने शायद जान-बूझकर ही मुझे राई माँगने के लिए भेजा है।

वह शीघ्र ही अपने मृत पुत्र को नगर के बाहर श्मशान में ले गई। उसे अपने हाथ में लेकर बोली, 'प्रिय पुत्र, मैंने समझा था शायद तुम्हीं अकेले मरने के लिए पैदा हुए हो, लेकिन अब मुझे मालूम हुआ कि मौत सबके लिए है। जो पैदा हुआ है, उसे एक-न-एक दिन अवश्य मरना है।'

इतना कहकर अपने पुत्र का श्मशान में अंतिम संस्कार करके वहाँ से लौट आई। लौटकर गौतमी बुद्ध के पास गई। बुद्ध ने पूछा, 'गौतमी, राई के दाने मिल गए?'

गौतमी ने सिर हिला दिया। वह सच जान चुकी थी।'

□

3

पहचान

एक बार एक आदमी महात्मा बुद्ध के पास पहुँचा। उसने पूछा, 'प्रभु, मुझे यह जीवन क्यों मिला, इतनी बड़ी दुनिया में मेरी क्या कीमत है?'

बुद्ध उसकी बात सुनकर मुसकराए और उसे एक चमकीला पत्थर देते हुए बोले, 'जाओ, पहले इस पत्थर का मूल्य पता करके आओ, पर ध्यान रहे, इसे बेचना नहीं, सिर्फ मूल्य पता करना है।'

वह आदमी उस पत्थर को लेकर एक आमवाले के पास पहुँचा और उसे पत्थर दिखाते हुए बोला, 'इसकी कीमत क्या होगी?'

आमवाला पत्थर की चमक देखकर समझ गया कि अवश्य ही यह कोई कीमती पत्थर है, लेकिन वह बनावटी आवाज में बोला, 'देखने में तो कुछ खास नहीं लगता, पर मैं इसके बदले दस आम दे सकता हूँ।'

वह आदमी आगे बढ़ गया। सामने एक सब्जीवाला था। उसने उससे पत्थर का दाम पूछा। सब्जीवाला बोला, 'मैं इस पत्थर के बदले एक बोरी आलू दे सकता हूँ।'

आदमी आगे चल पड़ा। उसे लगा पत्थर कीमती है, किसी जौहरी से इसकी कीमत पता करनी चाहिए। वह एक जौहरी की दुकान पर पहुँचा और उसकी कीमती पूछी। जौहरी उसे देखते ही पहचान गया कि यह बेशकीमती रूबी पत्थर है, जो किस्मतवाले को मिलता है। वह बोला, 'पत्थर मुझे दे दो

और मुझसे दस हजार रुपए ले लो।'

उस आदमी को अब तक पत्थर की कीमत का अंदाजा हो गया था। वह बुद्ध के पास लौटने के लिए मुड़ा। जौहरी उसे रोकते हुए बोला, 'अरे रुको तो भाई, मैं इसके पचास हजार दे सकता हूँ।'

लेकिन वह आदमी फिर भी नहीं रुका। जौहरी किसी कीमत पर उस पत्थर को अपने हाथ से नहीं जाने देना चाहता था, वह उछलकर उसके आगे आ गया और हाथ जोड़कर बोला, 'तुम यह पत्थर मुझे दे दो, मैं एक लाख रुपए देने को तैयार हूँ।'

वह आदमी जौहरी से पीछा छुड़ाकर जाने लगा। जौहरी ने पीछे से आवाज लगाई, 'ये बेशकीमती पत्थर है, अनमोल है। तुम जितने पैसे कहोगे, मैं दे दूँगा।'

यह सुनकर वह आदमी हैरान-परेशान हो गया। वह सीधा बुद्ध के पास पहुँचा और उन्हें पत्थर वापस करते हुए सारी बात कह सुनाई।

बुद्ध मुसकरा कर बोले, 'आमवाले ने इसकी कीमत 'दस आम' लगाई, आलूवाले ने 'एक बोरी आलू' और जौहरी ने बताया कि 'अनमोल' है। इस पत्थर के गुण जिसने जितने समझे, उसने उसकी उतनी कीमत लगाई। ऐसे ही यह जीवन है। हर आदमी एक हीरे के समान है। दुनिया उसे जितना पहचान पाती है, उसे उतनी महत्ता देती है, लेकिन आदमी और हीरे में एक फर्क यह है कि हीरे को कोई दूसरा तराशता है, और आदमी को खुद अपने आपको तराशना पड़ता है। तुम भी अपने आपको तराशकर अपनी चमक बिखेरो, तुम्हें भी तुम्हारी कीमत बताने वाले मिल ही जाएँगे।'

□

4
आपके पास

एक बार गौतम बुद्ध किसी गाँव से गुजर रहे थे। उस गाँव के लोगों को गौतम बुद्ध के बारे में गलत धारणा थी, जिस कारण वे उन्हें अपना दुश्मन मानते थे। जब गौतम बुद्ध गाँव में आए तो गाँववालों ने उन्हें भला-बुरा कहा और बद्दुआएँ देने लगे।

गौतम बुद्ध गाँववालों की बातें शांति से सुनते रहे और जब गाँववाले बोलते-बोलते थक गए तो बुद्ध ने कहा, 'अगर आप सभी की बातें समाप्त हो गई हों तो मैं प्रस्थान करूँ।'

बुद्ध की बात सुनकर गाँववालों को आश्चर्य हुआ। उनमें से एक व्यक्ति ने कहा, 'हमने तुम्हारी तारीफ नहीं की है। हम तुम्हें बद्दुआएँ दे रहे हैं। क्या तुम्हें कोई फर्क नहीं पड़ता?'

बुद्ध ने कहा, 'जाओ मैं आपकी गालियाँ नहीं लेता। आपके द्वारा गालियाँ देने से क्या होता है, जब तक मैं गालियाँ स्वीकार नहीं करता। इसका कोई परिणाम नहीं होगा। कुछ दिन पहले एक व्यक्ति ने मुझे कुछ उपहार दिया था, लेकिन मैंने उस उपहार को लेने से मना कर दिया तो वह व्यक्ति उपहार को वापस ले गया। जब मैं लूँगा ही नहीं तो कोई मुझे कैसे दे पाएगा।'

बुद्ध ने बड़ी विनम्रता से पूछा, 'अगर मैंने उपहार नहीं लिया तो उपहार देने वाले व्यक्ति ने क्या किया होगा?'

भीड़ में से किसी ने कहा, 'उस उपहार को व्यक्ति ने अपने पास रख लिया होगा।'

बुद्ध ने कहा, 'मुझे आप सब पर बड़ी दया आती है, क्योंकि मैं आपकी इन गालियों को लेने में असमर्थ हूँ और इसलिए आपकी ये गालियाँ आपके पास ही रह गई हैं।'

□

5

चालाकी

पूर्व समय में वाराणसी में बोधिसत्त्व सिंह होकर पैदा हुए और हिमालय प्रदेश में पर्वत-गुफा में रहने लगे। नजदीक ही एक तालाब के आस-पास बहुत से सूकर रहते थे। उसी तालाब के आस-पास तपस्वी भी पर्णशालाओं में रहते थे। एक दिन सिंह शिकार से पेट भरकर और तालाब में पानी पीकर आया।

उसी समय एक मोटा सूकर उस तालाब के आस-पास चरता दिखाई दिया। सिंह ने उसे देख सोचा कि इसे किसी दूसरे दिन खाऊँगा। यदि यह मुझे देख लेगा, तो फिर नहीं आएगा। उसके न आने के डर से वह तालाब में उतर एक तरफ को जाने लगा। सूकर ने उसे देखा, तो सोचा, यह मेरे भय के कारण भागा जा रहा है। आज मुझे इस सिंह से जूझना चाहिए। उसने सिर उठाकर सिंह को युद्ध के लिए ललकारते हुए कहा, 'दोस्त, मैं चौपाया हूँ। तू भी चौपाया है सिंह। आ, रुक, डरकर किसलिए भागता है?'

सिंह ने उसकी बात सुनी तो कहा, 'दोस्त, आज हमारा तेरे साथ युद्ध नहीं होगा। आज से सातवें दिन इसी जगह पर संग्राम होगा।' इतना कह वह चला गया।

सूकर प्रसन्न हुआ कि सिंह के साथ युद्ध करूँगा। उसने अपने सब रिश्तेदारों को कह दिया। वे उसकी बात सुनकर डरे। 'अब तू हम सभी को

नष्ट करेगा। अपनी ताकत को न पहचानकर सिंह के साथ युद्ध करना चाहता है, सिंह आकर हम सबके प्राण ले लेगा।'

उसने भयभीत हो पूछा, 'तो अब क्या करूँ?'

उन्होंने उपाय बताया, 'दोस्त सूकर। तू उस जगह जाकर, जहाँ ये तपस्वी मल-मूत्र त्यागते हैं, सात दिन तक शरीर में गंदगी लपेटकर शरीर को सुखा। सातवें दिन शरीर को ओस की बूँदों से गीलाकर सिंह के आने से पहले ही आकर हवा का रुख देख, जिधर से हवा आती हो, उधर खड़े हो जाना। सिंह सफाईपसंद होता है। वह तेरे शरीर की गंदगी को सूँघ तुझे विजयी छोड़ चला जाएगा।'

उसने वैसे ही किया और सातवें दिन वहाँ जाकर खड़ा हो गया। सिंह उसके शरीर की गंदगी को सूँघकर समझ गया कि उसने देह में गंद पोता है। वह बोला, 'दोस्त सूकर, तूने अच्छा उपाय सोचा है। यदि तूने गंद न पोता होता, तो मैं तुझे यहीं मार देता, लेकिन अब तो मैं तेरे शरीर को न मुँह से खा सकता हूँ, न पैरों से तुझ पर प्रहार कर सकता हूँ। इसलिए मैं तुझे विजयी मानता हूँ। हे सूकर, तू अपवित्र गंदे बालोंवाला है। तेरे शरीर से दुर्गंध आती है। यदि तुझे युद्ध करने की इच्छा है, तो मैं तुझे विजयी मान लेता हूँ।'

सूकर ने अपने रिश्तेदारों को कहा, 'सिंह को मैंने जीत लिया।' वे डरे कि किसी दिन आकर सिंह हम सबको जान से मार डालेगा और उस दिन से सारे सूकर शरीर पर गंद मलकर रहने लगे।

□

6

न्याय

एक तोता पेड़ पर घोंसला बनाकर मजे से रहता था। एक दिन वह दाना-पानी के चक्कर में अच्छी फसलवाले खेत में पहुँच गया। वहाँ खाने-पीने की मौज से बड़ा खुश हुआ। उस खुशी में रात को वह घर आना भी भूल गया और उसके दिन मजे में वहीं बीतने लगे।

इधर शाम को एक हंस उस पेड़ के पास आया, जहाँ चिड़े का घोंसला था। हंस ने उस घोंसले में झाँककर देखा तो पता चला कि वह खाली पड़ा है।

घोंसला अच्छा-खासा बड़ा था, इतना कि वह हंस उसमें आराम से रह सकता था। उसे यह बना बनाया घोंसला पसंद आ गया और उसने वहीं रहने का फैसला कर लिया।

कुछ दिनों बाद वह तोता मोटा-ताजा बनकर अपने घोंसले की याद आने पर वापस लौटा। उसने देखा कि घोंसले में हंस आराम से बैठा हुआ है। उसे बड़ा गुस्सा आया, उसने हंस से कहा, 'चोर कहीं के, मैं नहीं था तो मेरे घर में घुस गए हो, चलो निकलो मेरे घर से, जरा भी शरम नहीं आई मेरे घर में रहते हुए?'

हंस शांति से जवाब देने लगा, 'कहाँ का तुम्हारा घर, कौन सा तुम्हारा घर? यह तो मेरा घर है। पागल हो गए हो तुम। अरे! कुआँ, तालाब या पेड़ एक बार छोड़कर कोई जाता है तो अपना हक भी गँवा देता है। यहाँ तो जब

तक हम हैं, वह अपना घर है, बाद में तो उसमें कोई भी रह सकता है। अब यह घर मेरा है। बेकार में मुझे तंग मत करो।'

तोता बोला, 'ऐसे बहस करने से कुछ हासिल नहीं होनेवाला। किसी पंडित के पास चलते हैं। वह जिसके हक में फैसला सुनाएँगे, उसे घर मिल जाएगा।'

उस पेड़ के पास से एक नदी बहती थी। वहाँ पर एक लोमड़ी बैठी थी। वह कुछ पूजा-पाठ करती नजर आ रही थी।

वैसे तो वह लोमड़ी इन दोनों की जन्मजात शत्रु थी, लेकिन वहाँ और कोई भी नहीं था, इसलिए उन दोनों ने उसके पास जाना और उससे न्याय लेना ही उचित समझा। सावधानी बरतते हुए लोमड़ी के पास जाकर उन्होंने अपनी समस्या बताई।

उन्होंने कहा, 'हमने अपनी उलझन तो बता दी, अब इसका हल क्या है ? इसका जवाब आपसे सुनना चाहते हैं। जो भी सही होगा, उसे वह घोंसला मिल जाएगा और जो झूठा होगा, उसे आप खा लेना।'

चतुर लोमड़ी ने कहा, 'अरे रे! यह तुम कैसी बातें कर रहे हो, हिंसा जैसा दूसरा पाप नहीं इस दुनिया में। दूसरों को मारनेवाला खुद नरक में जाता है। मैं तुम्हें न्याय देने में तो मदद करूँगी, लेकिन झूठे को खाने की बात है तो वह मुझसे नहीं हो पाएगा। मैं एक बात तुम लोगों को कानों में कहना चाहती हूँ, जरा मेरे करीब आओ तो।'

हंस और तोता खुश हो गए कि अब फैसला होकर रहेगा और उसके बिल्कुल करीब गए। फिर क्या ? करीब आए हंस को पंजे में पकड़कर मुँह से चिड़े को नोंच लिया। दोनों का काम तमाम कर दिया। अपने शत्रु को पहचानते हुए भी उस पर विश्वास करने से हंस और तोते को अपनी जान गँवानी पड़ी। □

7

हिम्मत

भगवान् बुद्ध आत्मज्ञान की खोज में तपस्या कर रहे थे। उनके मन में विभिन्न प्रकार के प्रश्न उमड़ रहे थे। उन्हें प्रश्नों का उत्तर चाहिए था, लेकिन अनेक प्रयासों के बाद भी उन्हें सफलता नहीं मिली।

वे आत्मज्ञान की प्राप्ति के लिए कठोर तपस्या करने लगे। अनेक कष्ट सहन किए, कई स्थानों की यात्राएँ कीं, परंतु जो समाधान उन्हें चाहिए था, वह उन्हें मिला नहीं।

एक दिन उनके मन में कुछ निराशा का संचार हुआ। सोचने लगे, धन, माया, मोह और संसार की समस्त वस्तुओं का भी त्याग कर दिया। फिर भी आत्मज्ञान की प्राप्ति नहीं हुई। क्या मैं कभी आत्मज्ञान प्राप्त कर सकूँगा, मुझे आगे क्या करना चाहिए?

इसी प्रकार के अनेक प्रश्न बुद्ध के मन में उठ रहे थे। तपस्या में सफलता की कोई किरण दिखाई नहीं दे रही थी और इधर बुद्ध ने प्रयासों में कोई कमी नहीं छोड़ी थी। वे उदास मन से इन्हीं प्रश्नों पर मंथन कर रहे थे। इसी दौरान उन्हें प्यास लगी। वे अपने आसन से उठे और जल पीने के लिए सरोवर के पास गए। वहाँ उन्होंने एक अद्‌भुत दृश्य देखा।

एक गिलहरी मुँह में कोई फल लिये सरोवर के पास आई। फल उससे छूटकर सरोवर में गिर गया। गिलहरी ने देखा, फल पानी की गहराई में जा रहा है।

गिलहरी ने पानी में छलाँग लगा दी। उसने अपना शरीर पानी में भिगोया और बाहर आ गई। बाहर आकर उसने अपने शरीर पर लगा पानी झाड़ दिया और पुनः सरोवर में कूद गई।

उसने यह क्रम जारी रखा। बुद्ध उसे देख रहे थे, लेकिन गिलहरी इस बात से अनजान थी। वह लगातार अपने काम में जुटी रही। बुद्ध सोचने लगे, 'ये कैसी गिलहरी है। सरोवर का जल यह कभी नहीं सुखा सकेगी, लेकिन इसमें कितनी हिम्मत है। यह पूरी शक्ति लगाकर सरोवर को खाली करने में जुटी है।'

अचानक बुद्ध के मन में एक विचार का उदय हुआ, 'यह तो गिलहरी है, फिर भी अपने लक्ष्य को प्राप्त करने में जुटी है। मैं तो मनुष्य हूँ। आत्मज्ञान प्राप्त नहीं हुआ तो मन में निराशा के भाव आने लगे। मैं पुनः तपस्या में जुट जाऊँगा।'

इस प्रकार महात्मा बुद्ध ने गिलहरी से भी शिक्षा प्राप्त की और तपस्या में जुट गए। एक दिन उन्हें आत्मज्ञान प्राप्त हो गया और वे भगवान् बुद्ध हो गए।

□

8
बँटवारा

किसी नदी के तटवर्ती वन में एक सियार अपनी पत्नी के साथ रहता था। एक दिन उसकी पत्नी ने रोहित रोहू मछली खाने की इच्छा व्यक्त की। सियार उससे बहुत प्यार करता था। अपनी पत्नी को उसी दिन रोहू मछली खिलाने का वादा कर, सियार नदी के तीर पर उचित अवसर की तलाश में टहलने लगा।

थोड़ी देर में सियार ने अनुतीरचारी और गंभीरचारी नाम के दो ऊदबिलाव को मछलियों की घात में नदी के एक किनारे बैठे पाया। तभी एक विशालकाय रोहू मछली नदी के ठीक किनारे दुम हिलाती नजर आई। बिना समय खोए गंभीरचारी ने नदी में छलाँग लगाई और मछली की दुम को कसकर पकड़ लिया, किंतु मछली का वजन उससे कहीं ज्यादा था। वह उसे ही खींचकर नदी के नीचे ले जाने लगी। तब गंभीरचारी ने अनुतीरचारी को आवाज लगा बुला लिया। फिर दोनों ही मित्रों ने बड़ा जोर लगाकर किसी तरह मछली को तट पर ला पटक दिया और उसे मार डाला। मछली के मारे जाने के बाद दोनों में विवाद खड़ा हो गया कि मछली का कौन सा भाग किसके पास जाएगा।

सियार, जो अब तक दूर से ही सारी घटना को देख रहा था। तत्काल ही दोनों ऊदबिलावों के समक्ष प्रकट हुआ और उसने न्यायाधीश बनने का प्रस्ताव रखा। ऊदबिलावों ने उसकी सलाह मान ली और उसे अपना न्यायाधीश

मान लिया। न्याय करते हुए सियार ने मछली के सिर और पूँछ अलग कर दिए और कहा—

'जाए पूँछ अनुतीरचारी को, गंभीरचारी पाए सिर
शेष मिले न्यायाधीश को, जिसे मिलता है शुल्क।'

सियार फिर मछली के धड़ को लेकर बड़े आराम से अपनी पत्नी के पास चला गया। दुःख और पश्चात्ताप के साथ तब दोनों ऊदबिलावों ने अपनी आँखें नीची कर लीं।

□

9
मुश्किलों का हल

महात्मा बुद्धजी के समय की बात है अजातशत्रु नाम का एक राजा था। उनका राज्य बहुत अच्छा चल रहा था, किंतु कहते हैं न कि समय हमेशा एक जैसा नहीं रहता। ऐसा ही अजातशत्रु के साथ हुआ। राजा कई मुश्किलों से घिर गए और उन मुश्किलों से बाहर नहीं निकल पा रहे थे। उन्होंने कई युक्तियाँ अपनाईं, लेकिन असफल रहे। एक दिन उनकी मुलाकात एक तांत्रिक से हुई। राजा ने तांत्रिक को अपनी मुश्किलें बताईं।

तांत्रिक ने राजा की बातों को ध्यान से सुना, फिर उसने एक उपाय बताया। तांत्रिक ने कहा, 'आपको पशु बलि देनी पड़ेगी, तभी आपकी मुश्किलों का समाधान होगा।'

पहले तो राजा काफी सोच-विचार में पड़ गया, लेकिन उन्हें जब कोई भी रास्ता न दिखा तो उन्होंने तांत्रिक की बात मान ली।

तांत्रिक के कहे एक बड़ा अनुष्ठान किया गया। पशुओं को मैदान में बलि देने के लिए बाँध दिया गया। संयोगवश उस समय महात्मा बुद्ध राजा के नगर में पहुँचे। वे उसी स्थान से गुजर रहे थे, जहाँ पर राजा ने अनुष्ठान कराया था।

महात्मा बुद्ध ने जब देखा कि निर्दोष पशुओं की बलि दी जानेवाली है तो वे राजा के पास गए और बोले, 'राजन, आप इन निर्दोष पशुओं को क्यों मारने जा रहे हैं?'

राजा बोले, 'महात्माजी, मैं इन्हें मारने नहीं अपितु राज्य के कल्याण के लिए इनकी बलि देने जा रहा हूँ, जिससे सारे राज्य का कल्याण होगा।'

महात्मा बुद्ध बोले, 'क्या किसी निर्दोष जीव की बलि देने से किसी का भला भी हो सकता है?'

थोड़ा सा रुककर महात्मा बुद्ध ने जमीन से एक तिनका उठाया और राजा को देते हुए बोले, 'इसे तोड़कर दिखाएँ।'

राजा ने तिनके के दो टुकड़े कर दिए।

बुद्ध बोले, 'इसे अब पुन: जोड़ दें।'

राजा बोले, 'महात्माजी यह आप कैसी बातें कर रहे हैं, इसे तो अब कोई भी नहीं जोड़ सकता।'

तब बुद्ध राजा को समझाते हुए बोले, 'राजन, जिस प्रकार इस तिनके के टूट जाने के बाद आप इसे नहीं जोड़ सकते, ठीक उसी प्रकार जब आप इन पशुओं की बलि देंगे तो यह निर्दोष जीव आपके कारण मृत्यु को प्राप्त होंगे और इन्हें आप दुबारा जिंदा नहीं कर सकते, बल्कि इनके मरने के बाद आपको जीवहत्या का दोष लगेगा और आपकी मुश्किलें कम होने के बजाय और भी कही अधिक बढ़ जाएँगी, क्योंकि किसी भी निर्दोष जीव को मारकर कोई भी व्यक्ति खुशी नहीं प्राप्त कर सकता। आपकी समस्या का हल निर्दोष जीवों को मारने से कैसे हो सकता है? आप राजा हैं, आपको सोच-विचारकर निर्णय लेना चाहिए। अगर आप सच में अपनी मुश्किलों का हल चाहते हैं तो दिमाग से काम लीजिए, मुश्किलें तो आती-जाती रहती हैं। यही जिंदगी का सच है। किसी निर्दोष जीव को मारने से समस्याएँ नहीं समाप्त होंगी, बल्कि उसका हल आपको बुद्धि से ही निकालना होगा।'

बुद्ध की बात सुनकर अजातशत्रु उनके चरणों में गिर पड़े और अपनी भूल की क्षमा माँगने लगे। अजातशत्रु ने ऐलान करा दिया कि अब से उनके राज्य किसी निर्दोष जीव की हत्या नहीं की जाएगी।

□

10

चतुर गीदड़

एक समय की बात है, किसी जंगल में एक बूढ़ा शेर रहता था। बुढ़ापे के कारण शेर के लिए दौड़ना मुश्किल हो गया था। वह कठिनाई से चल पाता था। शेर के लिए तो शिकार करने के लिए दौड़ना जरूरी होता है, इसलिए वह कई दिन से कोई शिकार नहीं कर पाया और भूखों मरने लगा। बूढ़ा शेर किसी घायल अथवा कमजोर जानवर की तलाश में जंगल में भटकने लगा। यहाँ भी किस्मत ने उसका साथ नहीं दिया। कहीं कुछ हाथ नहीं लगा।

धीरे-धीरे पैर घसीटते हुए वह एक गुफा के पास आ पहुँचा। गुफा गहरी और सँकरी थी। उसने अंदर झाँका। माँद खाली थी, पर चारों ओर उसे इस बात के प्रमाण नजर आए कि उसमें किसी जानवर का बसेरा है। उस समय वह जानवर शायद भोजन की तलाश में बाहर गया था। शेर दुबककर बैठ गया, ताकि उसमें रहनेवाला जानवर लौट आए तो वह उसे दबोच ले।

सचमुच उस गुफा में एक गीदड़ रहता था, जो दिन को बाहर घूमता रहता और रात को लौट आता था। उस दिन भी सूरज डूबने के बाद वह लौट आया। गीदड़ काफी चालाक था। हर समय चौकन्ना रहता था। उसने अपनी गुफा के बाहर किसी बड़े जानवर के पैरों के निशान देखे तो चौंका। उसे शक हुआ कि कोई शिकारी जीव माँद में उसके शिकार की आस में घात लगाए न बैठा हो। अपने शक की पुष्टि के लिए सोच-विचार कर उसने एक चाल

चली। गुफा के मुहाने से दूर जाकर उसने आवाज दी, ''गुफा! ओ गुफा।''

गुफा में चुप्पी छाई रही उसने फिर पुकारा, ''अरी ओ गुफा, तू बोलती क्यों नहीं?''

भीतर शेर दम साधे बैठा था। भूख के मारे पेट कुलबुला रहा था। उसे यही इंतजार था कि कब गीदड़ अंदर आए और वह उसे पेट में पहुँचाए; इसलिए वह उतावला भी हो रहा था। गीदड़ एक बार फिर जोर से बोला, ''ओ गुफा! रोज तू मेरी पुकार के जवाब में मुझे अंदर बुलाती है। आज चुप क्यों है? मैंने पहले ही कह रखा है कि जिस दिन तू मुझे नहीं बुलाएगी, उस दिन मैं किसी दूसरी गुफा में चला जाऊँगा। अच्छा तो मैं चला।''

यह सुनकर शेर हड़बड़ा गया। उसने सोचा गुफा सचमुच गीदड़ को अंदर बुलाती होगी। यह सोचकर कि कहीं गीदड़ सचमुच न चला जाए, उसने अपनी आवाज बदलकर कहा, ''गीदड़ राजा, मत जाओ अंदर आओ न। मैं कब से तुम्हारी राह देख रही थी।''

गीदड़ शेर की आवाज पहचान गया और उसकी मूर्खता पर हँसता हुआ, वहाँ से चला गया और फिर लौटकर नहीं आया। मूर्ख शेर उसी गुफा में भूखा-प्यासा मर गया।

□

11

सहिष्णुता

कुंडक कुमार नाम का एक संन्यासी एक बार ठंड के दिनों में हिमालय से उत्तर वाराणसी पहुँचा। वहाँ उसके बचपन का मित्र एक सेनापति था। उसने संन्यासी को राज-उद्यान में स्वच्छंद भ्रमण की अनुमति दी।

एक दिन कुंडक कुमार उद्यान में बैठा तप कर रहा था कि तभी वाराणसी का एक दुराचारी राजा अपनी प्रेमिकाओं के साथ वहाँ प्रविष्ट हुआ। वहाँ वह उन सुंदरियों के साथ आमोद-प्रमोद करते हुए सो गया। राजा को सोता छोड़ सुंदरियाँ बाग में भ्रमण करने लगीं। तभी उनकी नजर कुंडक कुमार पर पड़ी, जो साधना में लीन था। सुंदरियों ने उसका ध्यान आकृष्टकर उसे उपदेश सुनाने को कहा। कुंडक कुमार ने तब उन्हें सहिष्णुता की महत्ता पर उपदेश देना प्रारंभ किया।

थोड़ी देर के बाद जब राजा की नींद टूटी तो अपनी सुंदरियों को ढूँढ़ता हुआ कुंडक कुमार के पास पहुँचा। एक संन्यासी द्वारा उसकी सुंदरियों का आकृष्ट हो जाना, उसके लिए असह्य था। अत: क्रोध से उसने संन्यासी से पूछा कि वह उन सुंदरियों को कौन सा सबक सिखा रहा था। संन्यासी ने तब उसे भी सहिष्णुता के महत्त्व की बात बताई, जिसके परिपालन का स्वयं उसने व्रत ले रखा था। यह सुन राजा ने उसे कोड़ों से पिटवाया। जब वह लहूलुहान हो गया तो राजा ने फिर पूछा कि उसके व्रत का क्या हुआ ? खून से लथपथ

संन्यासी को कोई क्रोध नहीं आया और वह सहिष्णुता के व्रत का ही गुणगान करता रहा। क्रोध में राजा ने तब उसके हाथ, फिर पैर आदि कटवाकर वही प्रश्न बार-बार पूछा, किंतु संन्यासी हर बार शांत भाव से सहिष्णुता के व्रत की ही गाथा गाता। अंत में उस संन्यासी की सहिष्णुता से परम क्रुद्ध हो राजा ने उसकी छाती पर लात मारी और वापस लौट गया।

कहा जाता है कि राजा जब वापस लौट रहा था, तभी धरती फट गई। उसके अंदर से उठती आग की लपटों ने राजा को निगल लिया। संन्यासी के घाव भी तभी स्वयमेव क्षण मात्र में भर गए थे और वह पुनः हिमालय पर वापस चला गया।

□

12
सही राह

एक समय महात्मा बुद्ध को शहर के एक व्यापारी ने अपने घर भोजन के लिए आमंत्रित किया। बुद्ध जब उसके घर पहुँचे, तो व्यापारी के पड़ोस के बहुत से लोग बुद्ध से भेंट के लिए आए। उन लोगों के बीच में ही एक चोर भी आ गया और महात्मा बुद्ध को देखते ही पूछा, 'स्वामीजी, क्या मैं आपके पैर धो सकता हूँ?'

महात्मा बुद्ध अनुमति देते, उससे पहले ही वह उनके के पैर धोने लगा।

उस चोर के नगर में बहुत चर्चे थे। नगरवासी उसे पापी-दुष्ट कहते थे। जब वह चोर महात्मा बुद्ध के चरण धो रहा था, तो वहाँ आए लोगों ने मन-ही-मन सोचा कि महात्मा बुद्ध उस चोर को अभी दूर हटने को कह देंगे, लेकिन ऐसा नहीं हुआ और वह चोर महात्मा बुद्ध के पैर धोकर वहाँ से चुपचाप चला गया।

एक व्यापारी ने महात्मा बुद्ध से पूछा, 'स्वामीजी, आप जानते हैं कि वह व्यक्ति कौन था?'

महात्मा बुद्ध ने कहा, 'नहीं-नहीं, मैं नहीं जानता कि वह व्यक्ति कौन था, लेकिन जो भी था, उसमें श्रद्धा बहुत थी।'

व्यापारी कहने लगा, 'वह व्यक्ति एक चोर था। उस व्यक्ति से नगर के सभी लोग घृणा करते हैं और मैं भी, क्योंकि वह इस नगर का बदनाम

चोर है। वह लोगों के ईमानदारी से कमाए हुए धन को चुराकर ले जाता है।'

महात्मा बुद्ध ने वहाँ आए सभी लोगों और उस व्यापारी से एक सवाल किया।

महात्मा बुद्ध ने पूछा, 'एक साहूकार से तुमने सौ और तुम्हारे मित्र ने पचास रुपए कर्ज लिया, लेकिन साहूकार ने तुम दोनों का कर्ज माफ कर दिया, क्योंकि तुम दोनों ही साहूकार का कर्ज चुका सकने में असमर्थ हो। यह देख वहाँ खड़ा तीसरा व्यक्ति दोनों में से किसे अच्छा कहेगा, साहूकार को या उन कर्जदारों को, जिन्होंने साहूकार से कर्ज लिया था?'

व्यापारी ने कहा, 'स्वामीजी, निश्चित तौर पर वह साहूकार ही अच्छा व्यक्ति है, जिसने दोनों का कर्जा माफ कर दिया।'

महात्मा बुद्ध ने कहा, 'जैसे आपने उस साहूकार को अच्छा कहा है, ठीक उसी प्रकार लोग भी उसी व्यक्ति को अच्छा कहते हैं, जो अच्छा करता है।'

महात्मा बुद्ध ने अपनी बात को आगे बढ़ाते हुए कहा, 'अगर आप सभी लोग उस चोर से घृणा करने की बजाए उसे सही राह दिखाने में सहायता करते तो शायद आज वह भी आपकी ही तरह एक सभ्य पुरुष बन सकता था, लेकिन आप सभी को केवल उस व्यक्ति की बुराई नजर आई। आप में से किसी ने भी कभी भी उसको सही राह दिखाने की कोशिश नहीं की। अगर आप सभी लोग मिलकर अपनी ही तरह उसे भी कामकाज करना सिखाते, तो शायद आप लोगों की वजह से उसका जीवन भी बदल सकता था।'

□

13
कृकट्ट का संन्यास

मिथिला के एक महाराजा की मृत्यु के पश्चात् उसके दो बेटों में भयंकर युद्ध और रक्तपात हुआ। अंततः बड़ा भाई मारा गया और छोटा भाई राजा बना। बड़े भाई की पत्नी अपने पुत्र कृक्रट्ट को लेकर एक वन में किसी संन्यासी की शरण में रहने लगी। वहीं उसने अपने बढ़ते पुत्र को अपने दादा और पिता के राज्य को पुनः प्राप्त करने के लिए उत्प्रेरित किया।

सोलह वर्ष की अवस्था में कृकट्ट ने पैतृक राज्य प्राप्त करने के लिए धन और सेना इकट्ठा करने की ठानी। अतः उसने सुवर्णभूमि को प्रस्थान किया, किंतु रास्ते में उसका जहाज डूब गया। सात दिनों तक समुद्र में तैरते हुए उसने किसी तरह अपनी जान बचाई। आठवें दिन एक देव-दूती ने उसे देखा और उसकी हिम्मत की सराहना करती हुई, उसे एक फूल की तरह उठा मिथिला की एक आम्र वाटिका में सुरक्षित लिटा दिया। उसी दिन मिथिला के राजा की मृत्यु हो गई, जो और कोई नहीं कृकट्ट का चाचा ही था।

जब लोग राजपुरोहित के साथ ढोल बजाते हुए एक नए राजा की खोज में जा रहे थे तो उनकी दृष्टि आम्र वाटिका में सोते कृकट्ट पर पड़ी। मिथिला-पुरोहित ने किशोर कृकट्ट के शरीर पर राजा-योग्य कई लक्षण देखे। अतः उसने उसे जगाकर महल में आमंत्रित किया। वहाँ राजकुमारी सीवली ने उससे कुछ पहेलियाँ पूछीं, जिनका जवाब कुमार ने बड़ी बुद्धिमानी से दिया। फिर

दोनों की शादी करा दी गई और कृकट्ट मिथिला का नया राजा बना दिया गया। इस प्रकार कृकट्ट ने अपने दादा और पिता का राज्य पुनः प्राप्त कर लिया। सीवली से उसे एक पुत्र की भी प्राप्ति हुई।

कालांतर में कृकट्ट संन्यास को उन्मुख हुआ और सीवली की प्रत्येक चेष्टा के बाद भी गृहस्थ जीवन का परित्याग कर संन्यासी बन गया।

□

14
धोखे की कीमत

एक वन प्रदेश में एक बहुत बड़ा तालाब था। हर प्रकार के जीवों के लिए उसमें भोजन सामग्री होने के कारण वहाँ नाना प्रकार के जीव, पक्षी, मछलियाँ, कछुए और केकड़े आदि वास करते थे। पास ही में एक बगुला रहता था, जिसे परिश्रम करना बिल्कुल अच्छा नहीं लगता था। उसकी आँखें भी कुछ कमजोर थीं। मछलियाँ पकड़ने के लिए तो मेहनत करनी पड़ती है, जो उसे खलती थी, इसलिए आलस्य के मारे वह प्राय: भूखा ही रहता। एक टाँग पर खड़ा यही सोचता रहता कि क्या उपाय किया जाए कि बिना हाथ-पैर हिलाए रोज भोजन मिले। एक दिन उसे एक उपाय सूझा तो वह उसे आजमाने बैठ गया।

बगुला तालाब के किनारे खड़ा हो गया और लगा आँखों से आँसू बहाने। एक केकड़े ने उसे आँसू बहाते देखा तो वह उसके निकट आया और पूछने लगा, ''मामा, क्या बात है, भोजन के लिए मछलियों का शिकार करने की बजाय खड़े आँसू बहा रहे हो ?''

बगुले ने जोर की हिचकी ली और भर्राए गले से बोला, ''बेटे, बहुत कर लिया मछलियों का शिकार। अब मैं यह पाप कार्य और नहीं करूँगा। मेरी आत्मा जाग उठी है, इसलिए मैं निकट आई मछलियों को भी नहीं पकड़ रहा हूँ। तुम तो देख ही रहे हो।''

केकड़ा बोला, ''मामा, शिकार नहीं करोगे, कुछ खाओगे नहीं तो मर नहीं जाओगे?''

बगुले ने एक और हिचकी ली, ''ऐसे जीवन का नष्ट होना ही अच्छा है बेटे, वैसे भी हम सबको जल्दी मरना ही है। मुझे ज्ञात हुआ है कि शीघ्र ही यहाँ बारह वर्ष लंबा सूखा पड़ेगा।''

बगुले ने केकड़े को बताया कि यह बात उसे एक त्रिकालदर्शी महात्मा ने बताई है, जिसकी भविष्यवाणी कभी गलत नहीं होती। केकड़े ने जाकर सबको बताया कि कैसे बगुले ने बलिदान व भक्ति का मार्ग अपना लिया है और यहाँ सूखा पड़नेवाला है।

उस तालाब के सारे जीव-मछलियाँ, कछुए, केकड़े, बत्तखें व सारस आदि दौड़े-दौड़े बगुले के पास आए और बोले, ''भगत मामा, अब तुम ही हमें कोई बचाव का रास्ता बताओ। अपनी अक्ल लड़ाओ, तुम तो महाज्ञानी बन गए हो।''

बगुले ने कुछ सोचकर बताया कि यहाँ से कुछ ही दूरी पर एक झील है। वह कभी नहीं सूखती। यदि तालाब के सब जीव वहाँ चले जाएँ तो बचाव हो सकता है। अब समस्या यह थी कि वहाँ तक जाया कैसे जाए? बगुले भगत ने यह समस्या भी सुलझा दी, ''मैं, तुम्हें एक-एक करके अपनी पीठ पर बिठाकर वहाँ तक पहुँचाऊँगा, क्योंकि अब मेरा शेष जीवन दूसरों की सेवा करने में गुजरेगा।''

सभी जीवों ने गद्गद होकर 'बगुला भगतजी की जय' के नारे लगाए।

अब बगुला भगत की पौ-बारह हो गई। वह रोज एक जीव को अपनी पीठ पर बिठाकर ले जाता और कुछ दूर एक चट्टान के पास जाकर उसे उस पर पटककर मार डालता और खा जाता। कभी मूड हुआ तो भगतजी दो फेरे भी लगाते और दो जीवों को चट कर जाते। तालाब में जानवरों की संख्या घटने लगी। चट्टान के पास मरे जीवों की हड्डियों का ढेर बढ़ने लगा और भगतजी की सेहत बनने लगी। खा-खाकर वह खूब मोटे हो गए। मुख पर लाली आ गई और पंख चर्बी के तेज से चमकने लगे। उन्हें देखकर दूसरे

जीव कहते, "देखो, दूसरों की सेवा का फल और पुण्य भगतजी के शरीर को लग रहा है।"

बगुला भगत मन-ही-मन खूब हँसता। वह सोचता कि देखो दुनिया में कैसे-कैसे मूर्ख जीव भरे पड़े हैं, जो सबका विश्वास कर लेते हैं। ऐसे मूर्खों की दुनिया में थोड़ी चालाकी से काम लिया जाए तो मजे-ही-मजे हैं। बिना हाथ-पैर हिलाए खूब दावत उड़ाई जा सकती है। संसार से मूर्ख प्राणी कम करने का मौका मिलता है। बैठे-बिठाए पेट भरने का जुगाड़ हो जाए तो सोचने का बहुत समय मिल जाता है।

महीनों यही क्रम चला। एक दिन केकड़े ने बगुले से कहा, "मामा, तुमने इतने सारे जानवर यहाँ से वहाँ पहुँचा दिए, लेकिन मेरी बारी अभी तक नहीं आई।"

भगतजी बोले, "बेटा, आज तेरा ही नंबर लगाते हैं, आजा मेरी पीठ पर बैठ जा।"

केकड़ा खुश होकर बगुले की पीठ पर बैठ गया। जब वह चट्टान के निकट पहुँचा तो वहाँ हड्डियों का पहाड़ देखकर केकड़े का माथा ठनका। वह हकलाया, "यह हड्डियों का ढेर कैसा है मामा? वह झील कितनी दूर है, मामा?"

बगुला भगत ठाँ-ठाँ करके खूब हँसा और बोला, "मूर्ख, वहाँ कोई झील नहीं है। मैं एक-एक को पीठ पर बिठाकर यहाँ लाकर खाता रहता हूँ। आज तू मरेगा।"

केकड़ा सारी बात समझ गया। वह सिहर उठा, परंतु उसने हिम्मत नहीं हारी और तुरंत जंबूर जैसे अपने पंजों को आगे बढ़ाकर उनसे दुष्ट बगुले की गरदन दबा दी और तब तक दबाए रखी, जब तक उसके प्राण पखेरू न उड़ गए।

फिर केकड़ा बगुले भगत का कटा सिर लेकर तालाब पर लौटा और सारे जीवों को सच्चाई बता दी कि कैसे दुष्ट बगुला भगत उन्हें धोखा देता रहा।

□

15

आज मत बिगाड़ो

भगवान् बुद्ध एक गाँव में उपदेश दे रहे थे। सभा में सभी शांति से बुद्ध की वाणी सुन रहे थे, लेकिन वहाँ स्वभाव से ही अतिक्रोधी एक ऐसा व्यक्ति भी था, जिसे बुद्ध की बातें बेतुकी लग रही थीं। वह कुछ देर तक तो सुनता रहा, फिर अचानक ही बोल उठा, 'तुम पाखंडी हो। बड़ी-बड़ी बातें करना यही तुम्हारा काम है। तुम लोगों को भ्रमित कर रहे हो। तुम्हारी बातें आज के समय में कोई मायने नहीं रखतीं।'

ऐसे कई कटु वचनों को सुनकर भी बुद्ध शांत रहे। उन्हें शांत देखकर उस व्यक्ति का क्रोध और भी उफन उठा। उन्हें और भी तेजी से भला-बुरा कहते हुए वह चला गया। अगले दिन जब उस व्यक्ति का क्रोध शांत हुआ, तो वह पछतावे की आग में जलने लगा और बुद्ध को ढूँढ़ता हुआ, उसी स्थान पर पहुँचा, लेकिन बुद्ध तो अपने शिष्यों के साथ दूसरे गाँव की ओर निकल चुके थे।

उस व्यक्ति ने बुद्ध के बारे में लोगों से पूछा और जहाँ वे प्रवचन दे रहे थे, वहाँ पहुँच गया। उन्हें देखते ही वह उनके चरणों में गिर पड़ा और उनसे क्षमा माँगने लगा।

बुद्ध ने पूछा, 'कौन हो भाई, तुम्हें क्या हुआ है, क्यों क्षमा माँग रहे हो?'

उस व्यक्ति ने कहा, 'मैं वही हूँ, जिसने कल आपसे बहुत बुरा व्यवहार

किया था। मैं शर्मिंदा हूँ।'

भगवान् बुद्ध ने उससे कहा, 'बीता हुआ कल तो मैं वहीं छोड़कर आ गया। हर कोई उस जगह को छोड़कर चला जाता है। तुम अभी वहीं रुके हुए हो। तुम्हें अपनी गलती का आभास हो गया, तुमने पश्चात्ताप कर लिया और तुम निर्मल हो गए। अब तुम आज में प्रवेश करो। बुरी बातें तथा बुरी घटनाएँ याद करते रहने से वर्तमान और भविष्य दोनों बिगड़ते जाते हैं। बीते हुए कल के कारण आज को मत बिगाड़ो।'

□

16

सयाना कबूतर

किसी जंगल में एक बड़े पेड़ पर कबूतरों का बसेरा था। उनमें एक बहुत सयाना कबूतर था, बुद्धिमान और दूरदर्शी। सब उसका आदर करते, 'सयाना' कहकर बुलाते थे।

एक दिन उसने एक नन्ही सी बेल को पेड़ के तने पर बहुत नीचे लिपटते पाया। सयाने ने दूसरे कबूतरों को बुलाकर कहा, देखो, इस बेल को नष्ट कर दो। एक दिन यह बेल हम सबको मौत के मुँह में ले जाएगी।

एक युवा कबूतर हँसते हुए बोला, 'सयाने, यह छोटी सी बेल हमें कैसे मौत के मुँह में ले जाएगी?'

सयाने कबूतर ने समझाया, आज यह तुम्हें छोटी सी लग रही है। धीरे-धीरे यह पेड़ के सारे तने को लपेटा मारकर ऊपर तक आएगी। फिर बेल का तना मोटा होने लगेगा और पेड़ से चिपक जाएगा, तब नीचे से ऊपर तक पेड़ पर चढ़ने के लिए सीढ़ी बन जाएगी। कोई भी शिकारी सीढ़ी के सहारे चढ़कर हम तक पहुँच जाएगा और हम मारे जाएँगे।

दूसरे कबूतर को यकीन न आया, एक छोटी सी बेल कैसे सीढ़ी बनेगी? तीसरा कबूतर बोला, सयाने, तुम तो बात का बतंगड़ बना रहे हो।

एक कबूतर बड़बड़ाया, यह सयाना अपनी अक्ल का रोब डालने के लिए अंट-शंट कहानी बना रहा है। इस प्रकार किसी ने सयाने की बात को गंभीरता से नहीं लिया।

समय बीतता रहा। बेल लिपटते-लिपटते ऊपर शाखाओं तक पहुँच गई। बेल का तना मोटा होना शुरू हुआ और सचमुच ही पेड़ के तने पर सीढ़ी बन गई, जिस पर आसानी से चढ़ा जा सकता था। सबको सयाने की बात की सच्चाई सामने नजर आने लगी, पर अब कुछ नहीं किया जा सकता था, क्योंकि बेल इतनी मजबूत हो गई थी कि उसे नष्ट करना कबूतरों के बस की बात नहीं थी।

एक दिन जब सब कबूतर दाना चुगने बाहर गए हुए थे, तब एक शिकारी उधर आ निकला। पेड़ पर बनी सीढ़ी को देखते ही उसने पेड़ पर चढ़कर जाल बिछाया और चला गया। साँझ को सारे कबूतर लौट आए और जब पेड़ से उतरे तो शिकारी के जाल में बुरी तरह फँस गए।

जब वे फँस गए और फड़फड़ाने लगे, तब उन्हें सयाने की बुद्धिमानी और दूरदर्शिता का पता लगा। सब सयाने की बात न मानने के लिए लज्जित थे और अपने आपको कोस रहे थे। सयाना सबसे रुष्ट था और चुप बैठा था।

एक कबूतर ने हिम्मत करके कहा, सयाने, हम मूर्ख हैं, लेकिन अब हमसे मुँह मत फेरो।

दूसरा कबूतर बोला, इस संकट से निकालने की तरकीब तुम ही हमें बता सकते हो। आगे हम तुम्हारी कोई बात नहीं टालेंगे। सभी कबूतरों ने हामी भरी, तब सयाने ने उन्हें बताया, मेरी बात ध्यान से सुनो। सुबह जब शिकारी आएगा, तब मुर्दा होने का नाटक करना। शिकारी तुम्हें मुर्दा समझकर जाल से निकालकर जमीन पर रखता जाएगा। वहाँ भी मरे समान पड़े रहना। जैसे ही वह अंतिम कबूतर को नीचे रखेगा, मैं सीटी बजाऊँगा। मेरी सीटी सुनते ही सब उड़ जाना।

सुबह शिकारी आया। कबूतरों ने वैसा ही किया, जैसा सयाने ने समझाया था।

सचमुच शिकारी कबूतरों को मुर्दा समझकर जमीन पर पटकता गया। सीटी की आवाज के साथ ही सारे कबूतर उड़ गए। शिकारी अवाक् देखता रह गया।

□

17

लोभ का अंत मौत

हिमालय के घने वन में सीलवा नाम का एक हाथी रहता था। उसका शरीर चाँदी की तरह चमकीला और सफेद था। उसकी आँखें हीरे की तरह चमकदार थीं। उसकी सूँड़ सुहागा लगे सोने के समान कांतिमय थी। उसके चारों पैर तो मानो लाख के बने हुए थे। वह अस्सी हजार गजों का राजा भी था।

वन में विचरण करते हुए एक दिन सीलवा ने एक व्यक्ति को विलाप करते हुए देखा। उसकी भंगिमाओं से यह स्पष्ट था कि वह उस निर्जन वन में अपना मार्ग भूल बैठा था। सीलवा को उस व्यक्ति की दशा पर दया आई। वह उसकी सहायता के लिए आगे बढ़ा, मगर व्यक्ति ने समझा कि हाथी उसे मारने आ रहा था। अत: वह दौड़कर भागने लगा। उसके भय को दूर करने के उद्‌देश्य से सीलवा बड़ी शालीनता से अपने स्थान पर खड़ा हो गया, जिससे भागता आदमी भी थम गया।

सीलवा ने ज्यों ही पैर फिर आगे बढ़ाया, वह आदमी फिर भाग खड़ा हुआ और जैसे ही सीलवा ने अपने पैर रोके, वह आदमी भी रुक गया। तीन बार जब सीलवा ने अपने उपक्रम को वैसे ही दोहराया तो भागते आदमी का भय भी भाग गया। वह समझ गया कि सीलवा कोई खतरनाक हाथी नहीं था। तब वह आदमी निर्भीक होकर अपने स्थान पर स्थिर हो गया। सीलवा ने तब

उसके पास पहुँचकर उसकी सहायता का प्रस्ताव रखा। आदमी ने तत्काल उसके प्रस्ताव को स्वीकार किया। सीलवा ने उसे तब अपनी सूँड़ से उठाकर पीठ पर बिठा लिया और अपने निवास स्थान पर ले जाकर नाना प्रकार के फलों से उसकी आवभगत की। अंततः जब उस आदमी की भूख-प्यास का निवारण हो गया तो सीलवा ने उसे पुनः अपनी पीठ पर बिठाकर उस निर्जन वन के बाहर उसकी बस्ती के करीब लाकर छोड़ दिया।

वह आदमी लोभी और कृतघ्न था। तत्काल ही वह एक शहर के बाजार में एक बड़े व्यापारी से हाथी दाँत का सौदा कर आया। कुछ ही दिनों में वह आरी आदि औजार और रास्ते के लिए समुचित भोजन का प्रबंध कर सीलवा के निवास स्थान की ओर चल दिया।

जब वह व्यक्ति सीलवा के सामने पहुँचा तो सीलवा ने उससे उसके पुनरागमन का उद्‌देश्य पूछा। उस व्यक्ति ने तब अपनी निर्धनता दूर करने के लिए उसके दाँतों की याचना की। उन दिनों सीलवा दानशील होने की साधना कर रहा था। अतः उसने उस आदमी की याचना को सहर्ष स्वीकार कर लिया तथा उसकी सहायता के लिए घुटनों पर बैठ गया, ताकि वह उसके दाँत काट सके।

उस व्यक्ति ने शहर लौटकर सीलवा के दाँतों को बेचा और उनकी भरपूर कीमत भी पाई, मगर प्राप्त धन से उसकी तृष्णा और भी बलवती हो गई। वह महीने भर में फिर सीलवा के पास पहुँचकर उसके शेष दाँतों की याँचना कर बैठा। सीलवा ने उसे पुनः अनुगृहीत किया।

कुछ ही दिनों के बाद वह लोभी फिर से सीलवा के पास पहुँचा और उसके शेष दाँतों को भी निकालकर ले जाने की इच्छा जताई। दान-परायण सीलवा ने उस व्यक्ति की इस याचना को भी सहर्ष स्वीकार कर लिया। फिर क्या था ? क्षण भर में वह आदमी सीलवा के मसूढ़ों को काट-छेद कर उसके सारे दाँत समूल निकालकर अपने गंतव्य को तत्काल प्रस्थान कर गया।

खून से लथपथ दर्द से व्याकुल कराहता सीलवा फिर जीवित न रह सका और कुछ समयोपरांत दम तोड़ गया।

लौटता लोभी जब वन की सीमा भी नहीं पार कर पाया था कि तभी धरती अचानक फट गई और वह आदमी काल के गाल में समा गया। तभी वहाँ वास करती हुई एक वृक्ष यक्षिणी ने यह गान गाया—

'माँगती है तृष्णा और और

मिटा नहीं सकता, जिसकी भूख को सारा संसार।'

□

18

भक्षक से बड़ा रक्षक

सुबह का समय था। ठंडी-ठंडी हवा बह रही थी। मगध के राजकुमार सिद्धार्थ राजमहल के बाग में घूम रहे थे। राजकुमार को लोग प्यार से गौतम पुकारते थे। उनके साथ उनका चचेरा भाई देवदत्त भी था। गौतम बहुत दयालु स्वभाव के थे। वे पशु-पक्षियों को प्यार करते, पर देवदत्त कठोर स्वभाव का था। पशु-पक्षियों के शिकार में उसे बड़ा आनंद मिलता।

बाग बहुत सुंदर था। तालाब में कमल खिले हुए थे। फूलों पर रंग-बिरंगी तितलियाँ मँडरा रही थीं। पेड़ों पर चिड़ियाँ चहचहा रही थीं। राजकुमार गौतम को देखकर बाग के खरगोश और हिरन उनके चारों ओर जमा हो गए। गौतम ने बड़े प्यार से उन्हें हरी-हरी घास खिलाई। उसी बीच देवदत्त ने एक तितली पकड़ उसके पंख काट डाले। गौतम को बहुत दु:ख हुआ, 'यह क्या देवदत्त, तुमने तितली के पंख क्यों काटे?'

'मैं इसे धागा बाँधकर नचाऊँगा। बड़ा मजा आएगा।' देवदत्त हँस रहा था।

'नहीं देवदत्त, यह ठीक बात नहीं है। भगवान् ने तितली को पंख उड़ने के लिए दिए हैं। उसके पंख काटकर तुमने अपराध किया है।' गौतम ने कहा।

'अगर तुम तितली और चिड़ियों के बारे में सोचते रहे तो राजा कैसे बन सकोगे गौतम? तुम खरगोश से खेलो, मैं किसी पक्षी का शिकार करता हूँ।'

हूँसता हुआ देवदत्त बाग की दूसरी ओर चला गया।

गौतम सोच में डूबे बाग में घूम रहे थे। तभी आकाश में सफेद हंस उड़ते हुए दिखाई दिए। सारे हंस पंक्ति बनाकर उड़ रहे थे। उनकी आवाज समझ पाना संभव नहीं था। ऐसा लग रहा था जैसे वे खुशी के गीत गा रहे हों। गौतम हंसों को प्यार से देख रहे थे। अचानक हंस चीख पड़े।

हंसों की पंक्ति टूट गई थी। अचानक खून से लथपथ एक हंस गौतम के पाँवों के पास आ गिरा। हंस के शरीर में एक बाण लगा हुआ था। घायल हंस कष्ट से कराह रहा था। गौतम को लगा मानो हंस उनसे दया की भीख माँग रहा हो। हंस के कष्ट से गौतम को बहुत दुःख हुआ। वे सोचने लगे, 'कुछ देर पहले यह हंस कितना खुश था। अपने साथियों के साथ गीत गाता, आकाश में उड़ रहा था। एक बाण ने इसे इसके साथियों से अलग कर दिया। यह अन्याय किसने किया?'

गौतम ने बड़ी सावधानी से उसके शरीर से बाण बाहर निकाल दिया। उसके घाव को धोकर साफ किया। प्यार पाकर हंस ने गौतम की गोद में सिर छिपा लिया।

तभी बाग के दूसरी ओर से देवदत्त तेजी से दौड़ता हुआ आया। उसे आता देख, हंस डर से सिहर गया। गौतम के पास आकर देवदत्त ने तेज आवाज में कहा, 'सिद्धार्थ, यह हंस मेरा है। मैंने इसे बाण मारकर गिराया है।'

'नहीं देवदत्त, यह हंस मेरी शरण में आया है। यह हंस मेरा है।' गौतम ने शांति से जवाब दिया।

'बेकार की बातें मत करो गौतम। मैंने इसका शिकार किया है। हंस मुझे दे दो।' देवदत्त ने गुस्से से कहा।

'मैं यह हंस तुम्हें नहीं दूँगा देवदत्त। इसे मैंने बचाया है। इस हंस पर तुम्हारा कोई अधिकार नहीं है।' गौतम अपनी बात पर अटल थे।

गौतम और देवदत्त के बीच बहस छिड़ गई। दोनों ही अपनी बात पर अड़े थे। अंत में देवदत्त ने कहा, 'ठीक है, चलो महाराज के पास। वे ही हमारा न्याय करेंगे।'

दोनों बालक गौतम के पिता महाराज शुद्धोधन के पास पहुँचे। देवदत्त बहुत क्रोध में था, पर गौतम शांत थे।

देवदत्त ने महाराज से कहा, 'महाराज, मैंने आकाश में उड़ते इस हंस का शिकार किया है। इस हंस पर मेरा अधिकार है। मुझे मेरा हंस दिलाया जाए।'

महाराज ने गौतम से कहा, 'राजकुमार गौतम, तुम्हारा भाई ठीक कहता है। शिकार किए गए पक्षी पर शिकारी का हक होता है। देवदत्त का हंस उसे दे दो।'

'नहीं महाराज, मारनेवाले से बचानेवाला ज्यादा बड़ा होता है। देवदत्त ने इस हंस के प्राण लेने चाहे, पर मैंने इसकी जान बचाई है। अब आप ही बताइए, इस हंस पर किसका अधिकार होना चाहिए?' गौतम ने पूछा।

महाराज सोच में पड़ गए। उन्हें गौतम की बात ठीक लगी। प्राण लेनेवाले से जीवन देनेवाला अधिक महान् होता है। उन्होंने कहा, 'गौतम ठीक कहता है। इस हंस के प्राण गौतम ने बचाए हैं, इसलिए इस हंस पर गौतम का अधिकार है।'

क्रोधित होकर देवदत्त ने प्रश्न किया, 'अगर हंस मर जाता तो क्या आप यह हंस मुझे दे देते, महाराज?'

'हाँ, तब यह हंस तुम्हारा शिकार होता और तुम्हें तुम्हारा हंस जरूर दिया जाता।' बड़ी शांति से महाराज ने समझाया।

गौतम ने प्यार से हंस को सीने से चिपटा लिया। हंस ने खुश होकर चैन की साँस ली। महाराज ने हंस की प्रसन्नता देखी। अचानक उनके मुँह से निकला—भक्षक से रक्षक बड़ा है।

□

19

ढमाढम

एक बार एक ढोल बजानेवाला जंगल से होकर एक गाँव की ओर जा रहा था। तभी दूर एक भालू को देख वह अपने ढोल को वहीं छोड़कर भाग गया। तेज हवा से वह ढोल लुढ़कता हुआ एक सूखे पेड़ के पास जाकर टिक गया। उस पेड़ की सूखी टहनियाँ ढोल से इस तरह से सट गई थीं कि तेज हवा चलते ही ढोल पर टकरा जाती थीं और ढमाढम-ढमाढम की आवाज होने लगती थी।

एक सियार वहीं रहता था। उसने ढोल की आवाज सुनी। वह बड़ा भयभीत हुआ। ऐसी अजीब आवाज बोलते पहले उसने किसी जानवर को नहीं सुना था। वह सोचने लगा कि यह कैसा जानवर है, जो ऐसी जोरदार बोली बोलता है, 'ढमाढम'। सियार छिपकर ढोल को देखता रहता, यह जानने के लिए कि यह जीव उड़नेवाला है या चार टाँगों पर दौड़नेवाला।

एक दिन सियार झाड़ी के पीछे छुपकर ढोल पर नजर रखे था। तभी पेड़ से नीचे उतरती हुई एक गिलहरी कूदकर ढोल पर उतरी। हल्की सी ढम की आवाज भी हुई। गिलहरी ढोल पर बैठी दाना कुतरती रही।

सियार बड़बड़ाया, ''ओह! तो यह कोई हिंसक जीव नहीं है। मुझे भी डरना नहीं चाहिए।''

सियार फूँक-फूँककर कदम रखता ढोल के निकट पहुँचा। उसे सूँघा।

ढोल का उसे न कहीं सिर नजर आया और न पैर। तभी हवा के झोंके से टहनियाँ ढोल से टकराईं। ढम की आवाज हुई और सियार उछलकर पीछे जा गिरा।

"अब समझ आया।" सियार उठने की कोशिश करता हुआ बोला, "यह तो बाहर का खोल है। जीव इस खोल के अंदर है। आवाज बता रही है कि जो कोई जीव इस खोल के भीतर रहता है, वह मोटा-ताजा होना चाहिए। चर्बी से भरा शरीर। तभी ये ढम-ढम की जोरदार बोली बोलता है।"

अपनी माँद में घुसते ही सियार बोला, "ओ सियारी! दावत खाने के लिए तैयार हो जा। एक मोटे-ताजे शिकार का पता लगाकर आया हूँ।"

सियारी पूछने लगी, "तुम उसे मारकर क्यों नहीं लाए?"

सियार ने उसे झिड़की दी, "क्योंकि मैं तेरी तरह मूर्ख नहीं हूँ। वह एक खोल के भीतर छिपा बैठा है। खोल ऐसा है कि उसमें दो तरफ सूखी चमड़ी के दरवाजे हैं। मैं एक तरफ से हाथ डाल उसे पकड़ने की कोशिश करता तो वह दूसरे दरवाजे से न भाग जाता?"

चाँद निकलने पर दोनों ढोल की ओर गए। जब वे निकट पहुँच ही रहे थे कि फिर हवा से टहनियाँ ढोल पर टकराईं और ढम-ढम की आवाज निकली। सियार सियारी के कान में बोला, "सुनी उसकी आवाज? जरा सोच जिसकी आवाज ऐसी गहरी है, वह खुद कितना मोटा-ताजा होगा।"

दोनों ढोल को सीधाकर उसके दोनों ओर बैठे और लगे दाँतों से दोनों चमड़ीवाले भाग के किनारे फाड़ने। जैसे ही चमड़ियाँ कटने लगी, सियार बोला, "होशियार रहना। एक साथ हाथ अंदर डाल शिकार को दबोचना है।"

दोनों ने 'हूँ' की आवाज के साथ हाथ ढोल के भीतर डाले और अंदर टटोलने लगे, लेकिन अंदर कुछ नहीं था। एक-दूसरे के हाथ ही पकड़ में आए। दोनों चिल्लाए "हंय, यहाँ तो कुछ नहीं है।"

और वे माथा पीटकर रह गए।

□

20

कुशगाथा

मल्लदेश के राजा की कोई संतान नहीं थी। इंद्र ने एक बार उनकी पटरानी शीलवती पर प्रसन्न हो दो पुत्रों का वर प्रदान किया। पहला पुत्र बिल्कुल कुरूप था, किंतु समस्त विद्याओं का ज्ञाता। दूसरा पुत्र बहुत ही खूबसूरत था, किंतु बिल्कुल बुद्धिहीन।

कुश एक कुशाग्र बुद्धि का व्यक्ति था। वह जानता था कि उसकी बदसूरती को देख कोई भी कन्या उससे विवाह करना नहीं चाहेगी। फिर भी शीलवती के आग्रह पर उसने विवाह करना स्वीकार किया और प्रभावती नाम की एक बहुत ही सुंदर कन्या से उसकी माता ने उसका विवाह करा दिया, जो सागल देश की राजकुमारी थी।

कुश के असल रूप को छुपाने के लिए शीलवती ने प्रभावती से झूठ कहा कि उसकी पारिवारिक परंपरा के अनुरूप प्रभावती और कुश एक-दूसरे को तब तक प्रकाश में नहीं देखेंगे, जब तक उनका बच्चा गर्भस्थ नहीं होता।

कुछ दिनों के बाद कुश के मन में प्रभावती को देखने की इच्छा उत्पन्न हुई। उसने अपने मन की बात अपनी माता को बताई। माता ने उसे घोड़ों के अस्तबल में प्रभावती को दिखाने की योजना बनाई। अस्तबल में बैठे एक सारथी के भेष में कुश ने जब प्रभावती को देखा तो उसे एक शरारत सूझी। उसने प्रभावती पर पीछे से घोड़े की लीद फेंकी। प्रभावती क्रुद्ध हुई, किंतु

शीलवती के कहने पर वह फिर आगे बढ़ गई।

इसी प्रकार कुश ने दो–तीन बार अपनी माता की सहायता से प्रभावती को देखा और जितना ही वह उसे देखता, उतना ही उसे और देखना चाहता। अतः एक बार माता ने प्रभावती को कमल के जलाशय में भेजा, जहाँ कुश छुपा बैठा था। जब ज़लाशय में प्रभावती नहाने लगी तो कुश का धैर्य छूट गया। वह तैरता हुआ प्रभावती के पास गया और उसके हाथ पकड़कर अपना भेद खोला डाला कि वही उसका पति था। उस कुरूप और प्रेत की शक्लवाले कुश को देख प्रभावती मूर्छित हो गई। जब उसे होश आया तो वह तत्काल अपने मायके चली गई।

कुश भी उसके पीछे–पीछे उसे मनाने गया और सागल देश में कई प्रकार की नौकरियाँ कीं। जब वह टोकरी बनाने का काम करता तो प्रभावती को अपना प्रेम–संदेश टोकरी की कलात्मकता के साथ भेजता। कभी कुम्हार बनता तो अपने हाथों की कलात्मकता से अपना संदेश भेजता। फिर भी प्रभावती उससे घृणा करती रही। अंततः उसने प्रभावती के घर में रसोइए के रूप में काम कर हर किसी का दिल जीता। फिर भी प्रभावती उससे घृणा करती रही।

एक दिन आठ देशों के राजाओं ने मिलकर सागल पर चढ़ाई की। तब कुश ने अपने ससुर के सामने प्रकट होकर सागल को बचाने का प्रस्ताव रखा। अपने जमाई राजा को वहाँ उपस्थित देख सागलराज बहुत प्रसन्न और आश्चर्यचकित हुए। जब उन्होंने कुश को अपनी पुत्री के प्रेम में हर प्रकार का संघर्ष करते देखा तो उससे वह बहुत प्रभावित हुआ। उसने प्रभावती को फिर अच्छी फटकार लगाते हुए कुश की प्रशंसा की। प्रभावती ने भी उस संकट की घड़ी में कुश के गुणों को स्वीकारा और सराहा।

कुश के साथ फिर आठ राजाओं की लड़ाई हुई। कुश ने उन आठ राजाओं को पराजितकर उनसे प्रभावती की आठ छोटी बहनों का ब्याह करवा दिया। फिर खुशी–खुशी प्रभावती के साथ मल्लदेश को लौट गया। तभी से मल्लदेश का नाम उसी पराक्रमी राजा कुश के नाम पर पड़ा कुशीनगर। □

21

कुछ नहीं लिया

महात्मा बुद्ध जिन दिनों बौद्ध धर्म के प्रचार में लगे थे, ऐसे अनेक लोग थे, जिन्हें बुद्ध की बाते पसंद नहीं आती थीं। बुद्ध के समर्थकों की संख्या दिनोदिन बढ़ रही थी, तो उनके विरोधियों की संख्या भी कम नहीं थी।

एक दिन महात्मा बुद्ध अपनी शिष्य मंडली के साथ किसी स्थान पर ध्यानस्थ बैठे थे। तभी वहाँ एक व्यक्ति बुद्ध के पास आया। तब ध्यान में बैठे बुद्ध ने अपनी आँखें खोली और उस व्यक्ति से यहाँ आने का कारण पूछा।

उस व्यक्ति ने महात्मा बुद्ध से कहा कि वे अपना उपदेश देना बंद कर दें।

महात्मा बुद्ध बोले, 'मैं उपदेश क्यों नहीं दूँ। आप इसका कारण बताएँ?'

वह व्यक्ति बोला, 'आप कारण को छोड़िए और जो मैं कह रहा हूँ, वह करिए। ये उपदेश देना बंद करिए।'

तब बुद्ध बोले, 'जब तक उपदेश बंद करने का सही कारण मेरी समझ में नहीं आता, मैं उपदेश देना बंद नहीं कर सकता।'

इस पर वह व्यक्ति उन्हें गलियाँ देने लगा। उसके गालियाँ देने पर वहाँ बैठे बौद्ध भिक्षुओं के समूह में बैचैनी फैल गई और महात्मा बुद्ध के शिष्यों को यह अपमान सहन नहीं हो रहा था, लेकिन बुद्ध चुपचाप उस आदमी की गालियाँ सुनते रहे। गालियाँ देते और बुरा-भला कहते हुए वह व्यक्ति कुछ समय बाद थक गया और चुप हो गया।

अब बुद्ध ने शांतिपूर्वक पूछा, 'क्यों मित्र, चुप क्यों हो गए? तुम्हारे खजाने में अब देने के लिए क्या और कुछ नहीं बचा है? जो शेष है, उसे भी दे दो, लेकिन विश्वास करो, तुमने मुझे जो भी दिया है, उसमें से मैंने कुछ भी नहीं लिया है, इसलिए वह सब तुम्हारे पास ही रह गया है।'

वह व्यक्ति बुद्ध की बातें सुनकर पानी-पानी हो गया और उनके चरणों पर गिर गया और उनसे माफी माँगी।

□

22

लोभी

वाराणसी में एक कर्तव्यनिष्ठ व शीलवान् गृहस्थ रहता था। तीन बेटियों और एक पत्नी के साथ उसका एक छोटा सा घर संसार था, किंतु अल्प-आयु में ही उसका निधन हो गया।

मरणोपरांत उस गृहस्थ का पुनर्जन्म सोने के एक हंस के रूप में हुआ। पूर्व जन्म के उपादान और संस्कार उसमें इतने प्रबल थे कि वह अपनी मनुष्य-योनि के घटना-क्रम और उनकी भाषा को विस्मृत नहीं कर पाया। पूर्व जन्म के परिवार का मोह और उनके प्रति उसका लगाव उसके वर्तमान को भी प्रभावित कर रहा था। एक दिन वह अपने मोह के आवेश में आकर वाराणसी को उड़ चला, जहाँ उसकी पूर्व जन्म की पत्नी और तीन बेटियाँ रहा करती थीं।

घर की मुँडेर पर पहुँचकर जब उसने अपनी पत्नी और बेटियों को देखा तो उसका मन खिन्न हो उठा, क्योंकि उसके मरणोपरांत उसके परिवार की आर्थिक दशा दयनीय हो चुकी थी। उसकी पत्नी और बेटियाँ अब सुंदर वस्त्रों की जगह चिथड़ों में दिख रही थीं। वैभव के सारे सामान भी वहाँ से तिरोहित हो चुके थे। फिर भी पूरे उल्लास के साथ उसने अपनी पत्नी और बेटियों का आलिंगन कर उन्हें अपना परिचय दिया और वापस लौटने से पूर्व उन्हें अपना सोने का एक पंख भी देता गया, जिसे बेचकर उसके परिवारवाले

अपनी गरीबी को कम कर सकें।

इस घटना के पश्चात् हंस समय-समय पर उनसे मिलने वाराणसी आता और हर बार उन्हें सोने का एक पंख देकर चला जाता।

बेटियाँ तो हंस की दानशीलता से संतुष्ट थीं, मगर उसकी पत्नी बड़ी ही लोभी प्रवृत्ति की थी। उसने सोचा, क्यों न वह उस हंस के सारे पंख निकालकर एक ही पल में धनी बन जाए। बेटियों को भी उसने अपने मन की बात कही, मगर उसकी बेटियों ने उसका कड़ा विरोध किया।

अगली बार जब वह हंस वहाँ आया तो संयोगवश उसकी बेटियाँ वहाँ नहीं थीं। उसकी पत्नी ने तब उसे बड़े प्यार से पुचकारते हुए अपने करीब बुलाया। छल-प्रपंच के खेल से अनभिज्ञ वह हंस खुशी-खुशी अपनी पत्नी के पास दौड़ता चला गया, मगर यह क्या। उसकी पत्नी ने बड़ी बेदर्दी से उसकी गरदन पकड़ उसके सारे पंख एक ही झटके में नोच डाले और खून से लथपथ उसके शरीर को लकड़ी के एक पुराने संदूक में फेंक दिया। फिर जब वह उन सोने के पंखों को समेटना चाह रही थी तो उसके हाथों सिर्फ साधारण पंख ही लग सके, क्योंकि उस हंस के पंख उसकी इच्छा के प्रतिकूल नोचे जाने पर साधारण हंस के समान हो जाते थे।

बेटियाँ जब लौटकर घर आईं तो उन्होंने अपने पूर्व जन्म के पिता को खून से सना देखा। उसके सोने के पंख भी लुप्त थे। सारी बात उनकी समझ में आ गई। उन्होंने तत्काल ही हंस की भरपूर सेवा-शुश्रुषा कर कुछ ही दिनों में उसे स्वस्थ कर दिया।

स्वभावतः उसके पंख फिर से आने लगे, मगर अब वे सोने के नहीं थे। जब हंस के पंख इतने निकल आए कि वह उड़ने लायक हो गया, तो वह उस घर से उड़ गया और फिर कभी वाराणसी में दिखाई नहीं पड़ा।

□

23

परख

भीलू और छिल्लू पक्के दोस्त थे। दोनों एक-दूसरे पर जान देने का दम भरते थे, लेकिन उनकी जोड़ी देखकर लोगों की हँसी छूट जाती थी। एक बार उन्हें किसी दूसरे गाँव में रहनेवाले एक मित्र का निमंत्रण मिला। उसने उन्हें अपनी बहन के विवाह में शामिल होने के लिए बुलाया था।

वह गाँव ज्यादा दूर नहीं था, लेकिन वहाँ तक पहुँचने के लिए जंगल से होकर गुजरना पड़ता था और उस जंगल में जंगली जानवरों की भरमार थी।

दोनों चल दिए। जब वे जंगल से गुजर रहे थे, उन्हें सामने से एक भालू आता दिखा। दोनों भय से थर-थर काँपने लगे। तभी दुबला-पतला भीलू दौड़कर एक पेड़ पर जा चढ़ा, लेकिन मोटा होने के कारण छिल्लू उतना तेज नहीं दौड़ सकता था। इधर भालू भी निकट आ चुका था, फिर भी छिल्लू ने साहस नहीं खोया। उसने सुन रखा था कि भालू मृत शरीर को नहीं खाते। वह तुरंत जमीन पर लेट गया, साँस रोक ली और ऐसा अभिनय किया मानो शरीर में प्राण हैं ही नहीं।

भालू घुरघुराता हुआ छिल्लू के पास आया, उसके चेहरे व शरीर को सूँघा और उसे मृत समझकर आगे बढ़ गया।

जब भालू काफी दूर निकल गया तो भीलू पेड़ से उतरकर छिल्लू के निकट आया और बोला, 'मित्र, मैंने देखा था, 'भालू तुमसे कुछ कह रहा

था। क्या कहा उसने?'

छिल्लू ने गुस्से में भरकर जवाब दिया, 'मुझे मित्र कहकर मत बुलाओ और ऐसा ही कुछ भालू ने भी मुझसे कहा था। उसने कहा, अपने मतलबी दोस्त भीलू पर कभी भूलकर भी विश्वास मत करना, वह तुम्हारा मुसीबत-मित्र नहीं है।'

सुनकर भीलू बहुत शर्मिंदा हो गया। उसे एहसास हुआ कि उससे कितनी भारी भूल हो गई थी। उनकी मित्रता भी सदैव के लिए समाप्त हो गई।

□

24

अटल सत्य

एक दिन सिद्धार्थ ने अपने सारथी छंदक को नगर भ्रमण के लिए चलने को कहा, छंदक ने तुरंत राजकुमार के प्रिय घोड़े कंथक को तैयार किया। उस पर राजकुमार को सवार कराकर वह नगर-भ्रमण के लिए चल पड़ा।

राजा शुद्धोधन ने ऐसा प्रबंध कराया था कि राजकुमार को मार्ग में कोई करुणाजनक दृश्य दिखाई न दे, ताकि उसके मन में विरक्ति की भावना उत्पन्न न हो। जिस मार्ग से उन्हें जाना था, उसे स्वच्छ करके सजाया गया था। उस मार्ग पर दोनों ओर सुंदर-सुंदर लड़के-लड़कियाँ खड़े थे। जब सिद्धार्थ उनके पास से गुजरते तो वे उन पर फूल बरसाते।

कहीं दुःख या कष्ट का नाम भी दिखाई नहीं दे रहा था। राजकुमार सिद्धार्थ भी उस समय प्रसन्न दिखाई दे रहे थे। एकाएक उनकी दृष्टि कहीं दूर उठ गई। एक झुकी हुई कमरवाला वृद्ध व्यक्ति उन्हीं की ओर चला आ रहा था। उसका मुँह झुर्रियों से भरा हुआ था, आँखें अंदर को धँसी हुई थीं। हाथ-पैर काँप रहे थे। वह लाठी का सहारा लेकर बड़ी मुश्किल से चल पा रहा था।

'जरा उधर देखो छंदक।' सिद्धार्थ ने उस वृद्ध की ओर संकेत करते हुए कहा, 'उस आदमी की ओर, जिसकी कमर झुकी हुई है। मुझे बताओ कि उसे क्या हो गया है, वह इतना असुंदर क्यों है, वह ठीक से चल क्यों नहीं पा रहा?'

'राजकुमार।' छंदक ने उत्तर दिया, 'वह व्यक्ति बूढ़ा हो गया है। उसकी आयु अधिक हो गई है। अधिक आयु हो जाने पर व्यक्ति ऐसा ही हो जाता है।'

'तो क्या आयु अधिक हो जाने पर मैं और यशोधरा भी ऐसे ही हो जाएँगे?' सिद्धार्थ ने चिंतित स्वर में पूछा, 'हम भी बूढ़े हो जाएँगे, हम भी असुंदर हो जाएँगे, हम भी ठीक से नहीं चल पाएँगे?'

'सच यही है राजकुमार।' छंदक ने उत्तर दिया, 'ऐसा सभी के साथ होता है। बूढ़े हो जाने पर मनुष्य की यही दशा होती है। शरीर इसी प्रकार कमजोर और असुंदर हो जाता है।'

सिद्धार्थ की सारी प्रसन्नता छू मंतर हो गई। उन्होंने छंदक को महल लौट चलने की आज्ञा दी। जब सिद्धार्थ अपने महल पहुँचे तो उन्होंने यशोधरा को अपनी प्रतीक्षा करते पाया। उन्हें उदास देखकर यशोधरा ने पूछा, 'क्या बात है स्वामी। क्या आप थक गए हैं?'

'नहीं यशोधरा।' सिद्धार्थ ने एक लंबी साँस लेकर उत्तर दिया, 'मैं थका हुआ नहीं हूँ, बात यह है कि आज मैंने एक ऐसे व्यक्ति को देखा, जो बहुत कमजोर था। उसका पूरा शरीर काँप रहा था, उसकी आँखें झुकी हुई थीं और वह असुंदर हो गया था। छंदक कहता है, वह बूढ़ा हो चुका है। बूढ़ा हो जाने पर ऐसा ही होता है। यह देखकर मेरा मन उदास हो गया। इस प्रकार तो मेरी दशा भी आगे चलकर ऐसी ही हो जाएगी।'

'आप व्यर्थ ही दु:खी हो रहे हैं।' यशोधरा ने कहा, 'छोड़िए इस बात को। आप अपने मनोरंजन कक्ष में जाइए, पिताजी ने आपके मनोरंजन के लिए खास नर्तकी और गायिका को बुलाया है। आप वहाँ जाकर मनोरंजन कीजिए आपकी सारी उदासी दूर हो जाएगी।'

यशोधरा की बात मानकर सिद्धार्थ मनोरंजन कक्ष में चले गए। वहाँ नर्तकी और गायिका ने अपनी कला का भरपूर प्रदर्शन किया। उन्होंने सिद्धार्थ की उदासी को दूर करने का पूरा-पूरा प्रयास किया, लेकिन सिद्धार्थ की उदासी दूर न हुई। उनकी आँखों के सामने रह-रहकर वही वृद्ध व्यक्ति घूम रहा था, जिसे उन्होंने मार्ग में देखा था। वे बार-बार यह सोच रहे थे कि क्या

बूढ़ा होने से बचने का कोई उपाय नहीं है ?

कुछ दिनों बाद अचानक सिद्धार्थ ने पुनः भ्रमण की इच्छा व्यक्त की। इस बार छंदक एक रथ सजाकर ले आया। रथ पर सवार होकर सिद्धार्थ पुनः नगर की ओर भ्रमण की ओर चल पड़े।

इस बार छंदक पूरा प्रयास कर रहा था कि राजकुमार को कोई करुणाजनक दृश्य दिखाई न दे, लेकिन जो होना होता है, वह होकर ही रहता है। मार्ग में सिद्धार्थ को एक रोगी व्यक्ति दिखाई दिया, वह रोग के कारण कराह रहा था। सिद्धार्थ ने तत्काल रथ रुकवाया और छंदक से पूछा, 'इसे क्या हो गया है। यह इस प्रकार कराह क्यों रहा है ?'

'राजकुमार।' छंदक ने उत्तर दिया, 'इसे रोग ने घेर रखा है। यह रोग के कष्ट को सहन नहीं कर पा रहा। इसी कारण कराह रहा है।'

'परंतु इसे रोग ने क्यों घेर लिया ?' सिद्धार्थ ने आश्चर्य से पूछा।

छंदक ने उत्तर दिया, 'रोग तो बड़े-बड़े स्वस्थ व्यक्तियों को भी घेर लेता है। उन्हें भी रुला देता है। इसमें आश्चर्य की कोई बात नहीं है। अपने जीवनकाल में कोई-न-कोई रोग लगभग प्रत्येक व्यक्ति को हो जाता है।'

'ओह।' सिद्धार्थ बड़बड़ाए, 'तो रोग भी मनुष्य को कष्ट पहुँचाते हैं। इनसे भी मनुष्य नहीं बच सकता। मैं भी नहीं बच सकूँगा। जब मुझे भी कोई रोग हो जाएगा तो मैं इसी तरह दर्द से कराहूँगा।'

छंदक ने रथ को आगे बढ़ाया। थोड़ा आगे चलने पर सिद्धार्थ को एक शव यात्रा जाती हुई दिखाई दी। उन्होंने पुनः छंदक से प्रश्न किया, 'यह कैसा दृश्य है ? चार व्यक्ति अपने कंधों पर किसे लेकर जा रहे हैं, इनके पीछे कुछ लोग रोते हुए क्यों जा रहे है ?'

'राजकुमार।' छंदक ने उत्तर दिया, 'यह व्यक्ति मर गया है। यह चारों इसके संबंधी हैं। ये इसके शव को उठाकर श्मशान में ले जा रहे हैं। जो पीछे-पीछे रोते हुए जा रहे है, वे इसके कुटंब के लोग हैं। श्मशान में इस मृतक शरीर को जला दिया जाएगा।'

'यह व्यक्ति मर क्यों गया ?' सिद्धार्थ ने अगला प्रश्न किया।

छंदक ने कहा, 'मृत्यु इस संसार का एक अटल सत्य है, मृत्यु ने आज तक किसी को नहीं छोड़ा। कोई भी व्यक्ति किसी भी समय मर सकता है।'

यह सुनकर सिद्धार्थ का दिमाग सन्न रह गया। वे ठंडी साँस लेकर सोचने लगे, 'क्या इसी को जीवन कहते हैं, जिसमें मनुष्य को तरह-तरह के रोग घेर लेते हैं, जिसमें कभी भी मृत्यु का आगमन हो सकता है? मनुष्य जब बूढ़ा हो जाता है तो वह दुर्बल और असहाय हो जाता है, उसके शरीर को जलाकर भस्म कर दिया जाता है। क्या जीवन के इन भयानक दुःखों से छुटकारा नहीं मिल सकता, इसका कोई तो उपाय होगा?

सिद्धार्थ मन-ही-मन ऐसा सोच रहे थे कि तभी उन्हें एक संन्यासी दिखाई दिया, उसने भगवा वेश धारण कर रखा था। साधना और तपस्या के करण उसका मुखमंडल चमक रहा था। उसके होंठ मुसकरा रहे थे। सिद्धार्थ को वह संसार का सबसे प्रसन्न व्यक्ति दिखाई दिया। उन्होंने पूछा, 'छंदक यह स्वस्थ और तेजस्वी व्यक्ति कौन है?'

'यह एक संन्यासी है।' छंदक ने उत्तर दिया, 'इसने संसार के सभी सुख त्याग रखे हैं। इसने संयम द्वारा अपनी इंद्रियों को वश में कर रखा है। यह अपने ईश्वर की तपस्या-साधना करता है, इसलिए यह स्वस्थ, निरोग व सुंदर है। तपस्या के कारण ही इसका मुखमंडल चमक रहा है।'

सिद्धार्थ को जैसे अपने सभी प्रश्नों के उत्तर मिल गए।

□

25

सही फैसला

एक गाँव के रास्ते पर जहरीले फलों का एक वृक्ष लगा था। मुसाफिर उस पेड़ की छाँव में विश्राम करते और जहरीले फलों की ओर लालच भरी नजर से देखते। फल रसीले और सुस्वादु थे, मगर जहरीले थे। यदा- क दा कोई मुसाफिर अज्ञानतावश उन जहरीले फलों को खाकर मर जाता था तो कुछ लुटेरे, जो वहीं घात लगाकर इंतजार करते रहते थे, उसका माल-असबाब ले उड़ते थे।

एक दिन मुसाफिरों का एक काफिला उस पेड़ के नीचे विश्राम के लिए रुका। कुछ लोग उस पेड़ के रसीले फलों को तोड़ने लगे। इतने में काफिले के सरदार की नजर उन पर पड़ी। सरदार

ने उन्हें रोका और कहा, इन फलों को मत खाओ। ये जहरीले हैं। लोगों ने उससे पूछा कि कैसे?

सरदार ने कहा, 'यह पेड़ गाँव के किनारे है, परंतु फिर भी फलों से लदा है। इसका अर्थ है कि यह जरूर अनुपयोगी और जहरीला होगा। इसे मुसाफिर अज्ञानतावश खाकर मर भी जाते होंगे।'

ऐसा कहकर उसने उस पेड़ को काटने का आदेश दे दिया, ताकि भूल-वश कोई अन्य मुसाफिर उन फलों को खाकर मुसीबत में न आ जाए।

□

26

विरासत

शायद ही दुनिया में ऐसा कोई इनसान होगा, जिसने गौतम का नाम न सुना हो। ज्यादातर लोग उन्हें बुद्ध के नाम से जानते हैं। इस धरती पर कई बार अध्यात्म की एक बड़ी लहर सी आई है। बुद्ध खुद ऐसी ही एक आध्यात्मिक लहर रहे हैं। संभवत: वह धरती के सबसे कामयाब आध्यात्मिक गुरु थे, उनके जीवनकाल में ही उनके साथ चालीस हजार बौद्ध भिक्षु थे और भिक्षुओं की यह सेना जगह-जगह जाकर आध्यात्मिक लहर पैदा करती थी।

बुद्ध ने आठ साल तक एक भिक्षुक का जीवन जिया, जिसकी शुरुआत उन्होंने अपना महल त्यागकर की थी, लेकिन बुद्धत्व मिलने के बाद एक दिन वे अपने महल पहुँचे।

यशोधरा ने बच्चे को उनके सामने रखा। बच्चा लगभग आठ साल का था। उन्होंने बच्चे को बुद्ध के सामने रखते हुए कहा, 'इसके लिए आपकी क्या विरासत है, आप और आपकी आध्यात्मिकता। आप इसे क्या देकर जाएँगे?'

उन्होंने यशोधरा से कहा, 'देखो, जिस आदमी को तुम जानती थी, उसका अब अस्तित्व नहीं है। मैं सिर्फ इस दायित्व के कारण यहाँ आया हूँ, जिसे मैं पूरा करना चाहता हूँ। मैं तुम्हारा पति नहीं हूँ, न ही इस बच्चे का पिता। मेरा सबकुछ बदल चुका है। हाँ, मैं अब भी उसी शारीरिक रूप में हूँ, मगर मेरे अंदर सबकुछ बदल चुका है।'

उन्होंने लड़के को देखा, फिर अपने शिष्य आनंद को बुलाया और बोले, 'आनंद, मेरा भिक्षा पात्र लाओ।'

आनंद गौतम का भिक्षा पात्र लेकर आए, जो कुछ खास नहीं, एक मामूली सा कटोरा था। गौतम बोले, 'मेरी विरासत यही है, यह सबसे बड़ी विरासत है, जो मैं अपने बेटे को सौंप सकता हूँ।' और उन्होंने वह भिक्षा पात्र अपने बेटे को सौंप दिया।

□

27
चतुरक लोमड़

एक जंगल में चतुरक नामक एक लोमड़ रहता था। एक दिन जंगल में उसने एक मृत हाथी देखा। उसने हाथी के मृत शरीर पर दाँत गड़ाए, पर चमड़ी मोटी होने की वजह से वह हाथी को चीरने में नाकाम रहा।

वह कुछ उपाय सोच ही रहा था कि उसे एक सिंह आता हुआ दिखाई दिया। आगे बढ़कर उसने सिंह का स्वागत किया और हाथ जोड़कर कहा, 'स्वामी आपके लिए ही मैंने इस हाथी को मारकर रखा है, आप इस हाथी का मांस खाकर मुझ पर उपकार कीजिए।'

सिंह ने कहा, 'मैं तो किसी के हाथों मारे गए जीव को खाता नहीं हूँ, इसे तुम ही खाओ।'

लोमड़ मन-ही-मन खुश तो हुआ, पर उसकी हाथी की चमड़ी को चीरने की समस्या अब भी हल न हुई थी। थोड़ी देर में उस तरफ एक बाघ आ निकला। बाघ ने मरे हाथी को देखकर अपने होंठ पर जीभ फिराई। लोमड़ ने उसकी मंशा भाँपते हुए कहा, 'मामा, आप इस मृत्यु के मुँह में कैसे आ गए? सिंह ने इसे मारा है और मुझे इसकी रखवाली करने को कह गया है। एक बार किसी बाघ ने उनके शिकार को जूठा कर दिया था, तब से आज तक वे बाघ जाति से नफरत करने लगे हैं। आज तो हाथी को खानेवाले बाघ को वह जरूर मार गिराएँगे।'

यह सुनते ही बाघ वहाँ से भाग खड़ा हुआ, पर तभी एक चीता आता हुआ दिखाई दिया। लोमड़ ने सोचा; चीते के दाँत तेज होते हैं। कुछ ऐसा करूँ कि यह हाथी की चमड़ी भी फाड़ दे और मांस भी न खाए। उसने चीते से कहा, 'प्रिय भानजे, इधर कैसे निकले? कुछ भूखे भी दिखाई पड़ रहे हो। सिंह ने इसकी रखवाली मुझे सौंपी है, पर तुम इसमें से कुछ मांस खा सकते हो। मैं जैसे ही सिंह को आता हुआ देखूँगा, तुम्हें सूचना दे दूँगा, तुम सरपट भाग जाना।'

पहले तो चीते ने डर से मांस खाने से मना कर दिया, पर लोमड़ के विश्वास दिलाने पर राजी हो गया। चीते ने पलभर में हाथी की चमड़ी फाड़ दी, पर जैसे ही उसने मांस खाना शुरू किया कि दूसरी तरफ देखते हुए लोमड़ ने घबराकर कहा, 'भागो सिंह आ रहा है।'

इतना सुनना था कि चीता सरपट भाग खड़ा हुआ। लोमड़ बहुत खुश हुआ। उसने कई दिनों तक उस विशाल जानवर का मांस खाया। सिर्फ अपनी सूझ-बूझ से छोटे से लोमड़ ने अपनी समस्या का हल निकाल लिया।

□

28

देखा-देखी

बहुत समय पहले की बात है, किसी जंगल में एक गधा बरगद के पेड़ के नीचे लेटकर आराम कर रहा था। लेटे-लेटे उसके मन में बुरे खयाल आने लगे, उसने सोचा, 'यदि धरती फट गई तो मेरा क्या होगा ?' अभी उसने ऐसा सोचा ही था कि एक जोर के धमाके की आवाज आई। वह भयभीत हो उठा और चीखने लगा, 'भागो-भागो धरती फट रही है, अपनी जान बचाओ।' और ऐसा कहते हुए वह पागलों की तरह एक दिशा में भागने लगा।

उसे इस कदर भागते देख एक अन्य गधे ने पूछा, 'अरे क्या हुआ भाई, तुम इस तरह बदहवास भागे क्यों जा रहे हो ?'

'अरे तुम भी भागो, अपनी जान बचाओ, धरती फट रही है।' ऐसा चीखते हुए वह भागता रहा।

यह सुनकर दूसरा गधा भी डर गया और उसके साथ भागने लगा। अब तो दोनों एक साथ चिल्ला रहे थे, 'भागो-भागो धरती फट रही है। भागो-भागो।'

देखते-देखते सैकड़ों गधे इस बात को दोहराते हुए उसी दिशा में भागने लगे। गधों को इस तरह भागते देख, अन्य जानवर भी डर गए। धरती फटने की खबर जंगल में लगी आग की तरह फैलने लगी और जल्द ही सबको पता चल गया कि धरती फट रही है। चारों तरफ जानवरों की चीख-पुकार

मच गई, साँप, बिच्छू, सियार, लोमड़, हाथी, घोड़े सभी उस झुंड में शामिल हो भागने लगे।

जंगल में फैले इस हो-हल्ले को सुन अपनी गुफा में विश्राम कर रहा जंगल का राजा शेर बाहर निकला, उसे अपनी आँखों पर यकीन नहीं हुआ कि सारे जानवर एक ही दिशा में भागे जा रहे हैं। वह उछलकर सबके सामने आया और गूँजती हुई दहाड़ के साथ बोला, 'यह क्या पागलपन है, कहाँ भागे जा रहे हो तुम सब ?'

'महाराज, धरती फट रही है। आप भी अपनी जान बचाइए।' झुंड में आगे खड़ा बंदर बोला।

'किसने कहा यह सब ?' शेर ने प्रश्न किया।

सब एक-दूसरे का मुँह देखने लगे, फिर बंदर बोला, 'मुझे तो यह बात चीते ने बताई थी।'

चीते ने कहा, 'मैंने तो यह पक्षियों से सुना था।' और ऐसे करते-करते पता चला कि यह बात सबसे पहले गधे ने बताई थी।

गधे को महाराज के सामने बुलाया गया।

'तुम्हें कैसे पता चला कि धरती फट रही है ?' शेर ने गुस्से से पूछा।

'मैंने अपने कानों से धरती के फटने की आवाज सुनी थी महाराज।' गधे ने डरते हुए उत्तर दिया।

'ठीक है चलो, मुझे उस जगह ले चलो और दिखाओ कि धरती फट रही है।' ऐसा कहते हुए शेर गधे को उस तरफ ढकेलता हुआ ले जाने लगा। बाकी जानवर भी उनके पीछे हो लिये और डर-डरकर उस और बढ़ने लगे।

बरगद के पास पहुँचकर गधा बोला, 'हुजूर, मैं यहीं सो रहा था कि तभी जोर से धरती फटने की आवाज आई, मैंने खुद उड़ती हुई धूल देखी और भागने लगा।' शेर ने आस-पास जाकर देखा और सारा मामला समझ गया। उसने सभी को संबोधित करते हुए कहा, 'यह गधा महामूर्ख है। दरअसल पास ही नारियल का एक ऊँचा पेड़ है और तेज हवा चलने से उस पर लगा एक बड़ा सा नारियल नीचे पत्थर पर गिर पड़ा, पत्थर सरकने से आस-पास धूल

उड़ने लगी और यह गधा न जाने कैसे इसे धरती फटने की बात समझ बैठा।'

शेर ने बोलना जारी रखा, 'पर भाइयों यह तो गधा है, पर क्या आपके पास भी अपना दिमाग नहीं है, जाइए, अपने घर जाइए और आइंदा से किसी अफवाह पर यकीन करने से पहले दस बार सोचिएगा।'

□

29

काम करनेवाले

महात्मा बुद्ध को एक सभा में भाषण करना था। जब समय हो गया तो महात्मा बुद्ध आए और बिना कुछ बोले ही वहाँ से चल गए। तकरीबन एक सौ पचास के करीब श्रोता थे। दूसरे दिन तकरीबन सौ लोग थे, पर फिर उन्होंने ऐसा ही किया, बिना बोले चले गए। इस बार पचास कम हो गए।

तीसरा दिन हुआ, साठ के करीब लोग थे, महात्मा बुद्ध आए, इधर-उधर देखा और बिना कुछ कहे वापस चले गए। चौथा दिन हुआ तो कुछ लोग और कम हो गए। तब भी नहीं बोले। जब पाँचवाँ दिन हुआ तो देखा सिर्फ चौदह लोग थे। महात्मा बुद्ध उस दिन बोले और वे सभी लोग उनके साथ हो गए।

किसी ने महात्मा बुद्ध को पूछा, 'आप चार दिन कुछ नहीं बोले। इसका क्या कारण था?'

बुद्ध ने कहा, 'मुझे भीड़ नहीं, काम करनेवाले चाहिए थे। यहाँ वही टिक सकेगा, जिसमें धैर्य हो। जिनमें धैर्य था, वह रह गए। तमाशा देखनेवाले रोज इधर-उधर ताक-झाँक करते हैं। समझनेवाला धीरज रखता है। कई लोगों को दुनिया का तमाशा अच्छा लगता है। समझनेवाला शायद एक हजार में एक ही हो, ऐसा ही देखा जाता है।'

□

30
शक्ति

किसी गाँव में एक गरीब किसान रहता था, जो मेहनत-मजदूरी करके अपना पेट भरता था। वह किसान रोजाना दूर नदी से पानी लाता था। किसान रोज सुबह सूर्योदय से पहले ही उठता और अपने दो घड़ों को एक डंडे में बाँधता और डंडे को कंधे पर रखकर पानी लेने नदी की ओर चल देता।

किसान की पिछले कई सालों से यही दिनचर्या थी। किसान के उन दो घड़ों में से एक घड़ा फूटा हुआ था। किसान नदी से तो दोनों घड़े भरकर लाता, लेकिन घर आते-आते फूटे घड़े से आधा पानी रास्ते में ही गिर जाता और घर आते-आते सिर्फ डेढ़ घड़ा पानी बचता, लेकिन किसान कभी भी इस बात को लेकर चिंतित नहीं होता।

फूटे घड़े को खुद में बहुत शर्मिंदगी महसूस होती थी कि बेचारा किसान सुबह उठकर दूर तक पैदल जाता है और मैं बदले में उसे क्या देता हूँ? उसकी आधी मेहनत खराब कर देता हूँ। वहीं दूसरा घड़ा खुद पर गर्व महसूस करता था कि मैं पूरा पानी लेकर आता हूँ और अपने मालिक की मेहनत को बरबाद नहीं होने देता।

रोजाना की तरह किसान एक सुबह जैसे ही दोनों घड़ों को ले जाने लगा, फूटा घड़ा बड़े ही करुण स्वर में बोला, 'हे मित्र। मैं खुद पर बहुत

शर्मिंदा हूँ। तुम रोजाना कितनी मेहनत करते हो और मैं आधा पानी रास्ते में गिरा देता हूँ, मुझे क्षमा करें।'

किसान भी घड़े की दशा देखकर बहुत दुःखी हुआ। उसने फूटे घड़े से कहा, 'मित्र, तुम दुःखी नहीं होओ। आज जब मैं पानी लेकर लौटूँ तो तुम रास्ते में खिले सुंदर फूलों को देखना।'

ऐसा कहकर किसान ने डंडे को कंधे पर रखा और घड़ों में पानी लेने चल दिया। घड़े ने वैसे ही किया, उसने देखा कि पूरे रास्ते में रंग-बिरंगे फूल खिले हुए थे; लेकिन फूटा होने के कारण उसका पानी लगातार निकलता जा रहा था। घर वापस आते ही घड़ा फिर से किसान से माफी माँगने लगा, 'मित्र, मैंने एक बार फिर आपकी मेहनत पर पानी फेर दिया और केवल आधा घड़ा ही पानी ला सका।'

किसान घड़े की बात सुनकर हँसा और बोला, 'मित्र, शायद तुमने ध्यान से उन फूलों को नहीं देखा। रास्ते में खिले हर फूल तुम्हीं को देखकर मुसकरा रहे थे। सबके चेहरे तुम्हारी तरफ ही खिले थे। जानते हो ऐसा क्यों? क्योंकि तुमने ही उन फूलों को जीवन दिया है। तुम्हारे ही पानी से वे फूल मुसकराते हुए बड़े हुए हैं। मैं जानता था कि तुम्हारा पानी बिखर जाता है, इसलिए मैंने पूरे रास्ते में फूलों के बीज बो दिए थे।

आज तुम्हारे ही कारण पूरा रास्ता स्वर्ग जैसा नजर आता है। लोग इन फूलों को तोड़कर भगवान् को अर्पित करते हैं, सारे फूल तुमको देखकर खुशी से मुसकराते हैं। तुम्हारे दुःखी होने का कोई कारण ही नहीं है, उल्टे तुमने फूटे होते हुए भी न जाने कितने लोगों को खुशियाँ दी हैं। यह तुम्हारी कमजोरी नहीं बल्कि तुम्हारी शक्ति है। फूटा घड़ा किसान की बातों को सुनकर बहुत प्रसन्न हुआ।

□

31
आजीविका

एक बार गौतम बुद्ध घूमते हुए एक नदी के किनारे पहुँचे। वहाँ उन्होंने देखा कि एक मछुआरा जाल बिछाता और उसमें मछलियाँ फँसने पर उन्हें किनारे रख; दोबारा जाल डाल देता। मछलियाँ पानी के बिना तड़पती हुई मर जातीं।

बुद्ध यह देखकर द्रवित हो गए और मछुआरे के पास जाकर बोले, 'भैया, तुम इन निर्दोष मछलियों को क्यों पकड़ रहे हो?'

मछुआरा बुद्ध की ओर देखकर बोला, 'महाराज, मैं इन्हें पकड़कर बाजार में बेचूँगा और धन कमाऊँगा।'

बुद्ध बोले, 'तुम मुझसे इनके दाम ले लो और इन मछलियों को छोड़ दो।'

मछुआरा यह सुनकर खुश हो गया और उसने बुद्ध से उन मछलियों का मूल्य लेकर मछलियाँ बुद्ध को सौंप दीं। बुद्ध ने जल्दी से वे सभी तड़पती हुई मछलियाँ वापस नदी में डाल दीं। यह देखकर मछुआरा दंग रह गया और बोला, 'महाराज, आपने तो मुझसे मछलियाँ खरीदी थीं। फिर आपने इन्हें वापस पानी में क्यों डाल दिया?'

यह सुनकर बुद्ध ने कहा, 'ये मैंने तुमसे इसलिए खरीदी हैं, ताकि इनको दोबारा जीवन दे सकूँ। किसी की हत्या करना पाप है। यदि मैं तुम्हारा ही गला घोंटने लगूँ तो तुम्हें कैसा लगेगा?'

यह सुनकर मछुआरा हैरानी से बुद्ध की ओर देखने लगा।

बुद्ध बोले, 'जिस तरह मानव को हवा और पानी मिलना बंद हो जाए तो वह तड़प-तड़पकर मर जाएगा, उसी तरह मछलियाँ भी यदि पानी से बाहर आ जाएँ तो तड़प-तड़पकर मर जाती हैं। उनमें भी साँस है। उनको तड़पते देखकर तुम कठोर कैसे रह सकते हो?'

बुद्ध की बातें सुनकर मछुआरा लज्जित हो गया और बोला, 'महाराज, आज आपने मेरी आँखें खोल दीं। अभी तक मुझे यह काम उचित लगता था, पर अब लगता है कि इससे भी अच्छे काम करके मैं अपनी आजीविका चला सकता हूँ। मैं चित्र भी बनाता हूँ। आज से मैं चित्रकला से ही अपनी आजीविका कमाऊँगा।'

इसके बाद वह वहाँ से चला गया और कुछ ही समय में प्रसिद्ध चित्रकार बन गया।

□

32
विश्वास भंग

एक राजा था। धार्मिक कामों को कराने वाला उसका पुरोहित बहुत होशियार था। एक बार राजा ने प्रसन्न होकर सजा-सजाया एक घोड़ा उसे भेंट किया। वह जब भी उस पर बैठकर राजा के दरबार में जाता, लोग घोड़े की प्रशंसा किए न अघाते। इससे उसका मुख कमल की तरह खिल जाता। एक दिन उसने बड़े सरल भाव से अपनी पत्नी से कहा—सब लोग हमारे घोड़े की सुंदरता का बखान करते हैं। उस जैसा दूसरा कोई घोड़ा नहीं।

पत्नी ठीक अपने पति के विपरीत थी। उसका हृदय छल-कपट से भरा हुआ था। अपने पति की भी सगी न थी। वह हँसते हुए बोली—घोड़ा तो अपने साज-शृंगार के कारण सुंदर लगता है। उसकी पीठ पर लाल मखमली गद्दी है। माथे पर रत्नजड़ित पट्टी पहने हुए है और गले में मूँगे-मोतियों की माला। तुम भी उसकी तरह सुंदर लग सकते हो और तुम्हें प्रशंसा भी खूब मिलेगी अगर उसी का साज पहन लो और घोड़ी की तरह झूमते-इठलाते कदम रखो।

पत्नी की बात का विश्वास करके उसने वैसा ही किया और राजा से मिलने चल दिया। रास्ते में जो-जो उसे देखता, हँसते-हँसते दुहरा हो जाता और कहता, 'वाह पुरोहितजी, क्या कहने आपकी शान के, सूरज की तरह चमक रहे हैं।'

राजा तो पुरोहित को देख बौखला उठे, 'अरे ब्राह्मण देवता, तुम पर

पागलपन का दौरा पड़ गया है क्या? घोड़े की तरह हिनहिनाते चलते शर्म नहीं आ रही। सब लोग तुम्हारा मजाक उड़ा रहे हैं। अपना मजाक उड़वाने का अच्छा तरीका ढूँढ़ निकाला है।'

पुरोहितजी को काटो तो खून नहीं। उन्हें तो कल्पना भी नहीं थी कि जिस औरत को वे अपने प्राणों से भी ज्यादा चाहते हैं, वह उनकी इज्जत के साथ ऐसा खिलवाड़ करेगी। वे अंदर-ही-अंदर उबाल खा रहे थे।

राजा को समझते देर न लगी कि बेचारा पुरोहित अपनी पत्नी के हाथों मारा गया।

उसको शांत करते हुए बोले, 'औरत से गलती हो ही जाती है। उसे क्षमा कर दो। रिश्तों की डोर को तोड़ने से कोई लाभ नहीं। दरार पड़ते ही उसे जोड़ देना चाहिए।'

'महाराज, एक बार डोर टूटने से जुड़ती नहीं, अगर जुड़ भी गई तो निशान तो छोड़ ही जाती है। अपनी पत्नी के साथ रहते हुए मैं कभी भूल नहीं पाऊँगा कि उसने मेरा विश्वास तोड़ा है और इस बात की भी क्या गारंटी कि वह भविष्य में मेरा मजाक उड़ाकर अपमानित नहीं करेगी। ऐसी औरत के साथ न रहना ही अच्छा है।'

राजा को पुरोहित की बात ठीक ही लगी। कुछ दिनों के बाद उसने दूसरी शादी कर ली।

□

33

पत्थर के बदले

गौतम बुद्ध किसी उपवन में विश्राम कर रहे थे। तभी बच्चों का एक झुंड आया और पेड़ पर पत्थर मारकर आम गिराने लगा। एक पत्थर बुद्ध के सिर पर लगा और उससे खून बहने लगा। बुद्ध की आँखों में आँसू आ गए। बच्चों ने देखा तो भयभीत हो गए। उन्हें लगा कि अब बुद्ध उन्हें भला-बुरा कहेंगे। बच्चों ने उनके चरण पकड़ लिये और उनसे क्षमा याचना करने लगे। उनमें से एक बच्चे ने कहा, 'हमसे भारी भूल हो गई है। मेरी वजह से आपको पत्थर लगा और आपके आँसू आ गए।'

इस पर बुद्ध ने कहा, 'बच्चो, मैं इसलिए दुःखी हूँ कि तुमने आम के पेड़ पर पत्थर मारा तो पेड़ ने बदले में तुम्हें मीठे फल दिए, लेकिन मुझे मारने पर मैं तुम्हें सिर्फ भय दे सका।'

□

34
प्रथम स्थान

एक स्कूल में रामेश्वर और गोपालेश्वर नाम के दो दोस्त पढ़ते थे। दोनों बहुत होनहार एवं लगनशील थे और हर साल स्कूल में रामेश्वर प्रथम एवं गोपालेश्वर द्वितीय स्थान प्राप्त करता था। एक बार राम की माँ बीमार पड़ गई, इस कारण राम काफी समय तक स्कूल नहीं जा पाया। करीब दो माह बाद जब वह स्कूल गया तो सबको मालूम चला कि रामेश्वर की माँ का देहांत हो गया है, साथ-ही-साथ सब यह सोचने लगे कि इस साल रामेश्वर जरूर परीक्षा में द्वितीय स्थान पर आएगा, परंतु अगले महीने जैसे ही परीक्षाफल आया, सब यह जानकर हैरान रह गए कि हर बार की तरह ही राम इस बार भी प्रथम आया है।

इसका कारण जानने की उत्सुकता में जब प्रधानाध्यापक ने दोनों की उत्तर-पुस्तिकाएँ देखीं तो पाया कि गोपाल ने बहुत से ऐसे सवालों के जवाब नहीं लिखे थे, जिनका जवाब कोई भी साधारण विद्यार्थी आसानी से दे सकता था।

अतः प्रधानाध्यापक ने गोपाल को अपने पास बुलाकर कारण जानना चाहा। पहले तो गोपाल ने मना किया और बोला कि राम उससे ज्यादा मेहनती है, परंतु जब उसने देखा कि उसकी इस बात को कोई असर नहीं हो रहा, तब उसने सारी बात बता दी कि जब उसे पता चला कि राम की माँ का निधन हो

गया है तो उसे इस तरह से सफलता प्राप्त करना अच्छा नहीं लगा, इसलिए उसने जान-बूझकर कई सवालों के जवाब अधूरे छोड़ दिए।

उसकी बात सुनकर प्रधानाध्यापक बोले, 'भले ही तुम अपनी स्कूली परीक्षा में द्वितीय आए, लेकिन जीवन और दोस्ती की परीक्षा में तुमने प्रथम स्थान प्राप्त किया है।'

□

35

जिज्ञासा

एक बार बुद्ध से आनंद ने पूछा, 'भगवन्, आपने आज तक यह नहीं बताया कि मृत्यु के उपरांत क्या होता है?'

उसकी बात सुनकर बुद्ध मुसकराए, फिर उन्होंने उससे पूछा, 'पहले मेरी एक बात का जवाब दो। अगर कोई व्यक्ति कहीं जा रहा हो और अचानक कहीं से आकर उसके शरीर में एक विषबुझा बाण घुस जाए तो उसे क्या करना चाहिए? पहले शरीर में घुसे बाण को हटाना ठीक रहेगा या फिर देखना कि बाण किधर से आया है और किसे लक्ष्यकर मारा गया है।'

आनंद ने कहा, 'पहले तो

शरीर में घुसे बाण को तुरंत निकालना चाहिए, अन्यथा विष पूरे शरीर में फैल जाएगा।'

बुद्ध ने कहा, 'बिल्कुल ठीक कहा तुमने। अब यह बताओ कि पहले इस जीवन के दुःखों के निवारण का उपाय किया जाए या मृत्यु के बाद की बातों के बारे में सोचा जाए।'

आनंद अब समझ चुका था। उसकी जिज्ञासा शांत हो गई।

□

36

युक्ति

एक बार बरसात के मौसम में पानी न बरसने के कारण सूखा पड़ गया। तब हाथियों ने अपने राजा के पास जाकर कहा, 'महाराज, हम प्यासे मर रहे हैं, बिन पानी के जीवित नहीं रह सकते।'

राजा बोला, 'आप लोग परेशान न हों, पास ही में एक बड़ा तालाब है। मैं तुम सबको वहीं पर लेकर चलता हूँ।'

सभी हाथी राजा के साथ उस तालाब पर गए और पानी देखकर खुशी से उसमें कूदने लगे।

वहीं पास में तालाब के किनारे खरगोशों का एक झुंड रहता था। तालाब में हाथियों को देखकर खरगोश बहुत चिंतित हो गए। उन्हें लगा कि अब उन्हें अपना घर छोड़कर कहीं और जाना पड़ेगा। अतः रात में उन्होंने सभा बुलाई और बड़े और अनुभवी लोगों की राय माँगी गई। एक बूढ़े खरगोश ने सबको विश्वास दिलाया कि वह मामले को बिना परेशानी के हल कर लेगा।

अगले दिन बूढ़ा खरगोश हाथियों के राजा के पास गया, पर उसे छोटा सा जानवर समझकर राजा हाथी ने उसका मजाक उड़ाया और उसे ही अपना स्थान छोड़कर भाग जाने की सलाह दे डाली।

राजा हाथी की बात सुनकर खरगोश थोड़ा डर गया, पर उसने हिम्मत नहीं हारी और हाथी राजा से बोला, 'ठीक है, अभी तक मैंने आपको प्यार

से समझाया, लेकिन आप नहीं माने, अब मेरे स्वामी भगवान् चाँद ही आकर आपको सजा देंगे। आज रात ही आप लोगों को सजा मिलेगी, जब खुद चंद्र देवता इस तालाब में गुस्से में उतरेंगे।'

बूढ़े खरगोश की बात सुनकर हाथी राजा के कान खड़े हो गए। उसे लगा कि इस बात में कितनी सच्चाई है, उसे देखना चहिए। कहीं सच में उसका और उसकी प्रजा का विनाश न हो जाए।

दूसरी तरफ बूढ़ा खरगोश जानता था कि आज पूर्णिमा की रात थी। रात होते ही पूरे चाँद का प्रतिबिंब तालाब में साफ नजर आ रहा था। बूढ़ा खरगोश शाम से ही अपने लोगों के साथ तालाब के किनारे बैठा सही समय का इंतजार कर रहा था। जैसे ही राजा हाथी अपने साथियों के साथ तालाब पर आया, खरगोश ने नज़र बचाकर तालाब में एक छोटा पत्थर फेंक दिया साथ ही चिल्लाने लगा, 'हाथियों को देखते ही चाँद देवता गुस्से से काँपने लगे हैं।'

हाथियों ने भी देखा कि तालाब के अंदर चाँद हिल रहा है। उन्होंने तुरंत अपने राजा से सलाह-मशवरा किया और बोले कि शायद सच में चाँद भगवान् हमारे यहाँ आने से खुश नहीं है। अच्छा होगा, हम यह तालाब तुरंत छोड़ दें। राजा के मुँह से ऐसा सुनते ही सारे हाथी वहाँ से तुरंत भाग खड़े हुए।
□

37

मन की झोली

एक बार बुद्ध कहीं प्रवचन दे रहे थे। अपनी देशना खत्म करते हुए उन्होंने आखिर में कहा, जागो, समय हाथ से निकला जा रहा है। सभा विसर्जित होने के बाद उन्होंने अपने प्रिय शिष्य आनंद से कहा, 'चलो थोड़ी दूर घूमकर आते हैं।'

आनंद बुद्ध के साथ चल दिए। अभी वे विहार के मुख्य द्वार तक ही पहुँचे थे कि एक किनारे रुककर खड़े हो गए। प्रवचन सुनने आए लोग एक-एक कर बाहर निकल रहे थे, इसलिए भीड़ सी हो गई थी। अचानक उसमें से निकलकर एक स्त्री गौतम बुद्ध से मिलने आई। उसने कहा, 'तथागत, मैं नर्तकी हूँ। आज नगर के श्रेष्ठी के घर मेरे नृत्य का कार्यक्रम पहले से तय था, लेकिन मैं उसके बारे में भूल चुकी थी। आपने कहा, समय निकला जा रहा है तो मुझे तुरंत इस बात की याद आई। धन्यवाद तथागत।'

उसके बाद एक डकैत बुद्ध की ओर आया। उसने कहा, 'तथागत, मैं आपसे कोई बात छिपाऊँगा नहीं। मैं भूल गया था कि आज मुझे एक जगह डाका डालने जाना था कि आज उपदेश सुनते ही मुझे अपनी योजना याद आ गई। बहुत-बहुत धन्यवाद।'

उसके जाने के बाद धीरे-धीरे चलता हुआ एक बूढ़ा व्यक्ति बुद्ध के पास आया। वृद्ध ने कहा, 'तथागत, जिंदगी भर दुनियावी चीजों के पीछे

भागता रहा। अब मौत का सामना करने का दिन नजदीक आ रहा है, तब मुझे लगता है कि सारी जिंदगी यूँ ही बेकार हो गई। आपकी बातों से आज मेरी आँखें खुल गईं। आज से मैं अपने सारे दुनियावी मोह छोड़कर निर्वाण के लिए कोशिश करना चाहता हूँ।'

जब सब लोग चले गए तो बुद्ध ने कहा, 'देखो आनंद, प्रवचन मैंने एक ही दिया, लेकिन उसका हर किसी ने अलग-अलग मतलब निकाला। जिसकी जितनी झोली होती है, उतना ही दान वह समेट पाता है। निर्वाण प्राप्ति के लिए भी मन की झोली को उसके लायक होना होता है। इसके लिए मन का शुद्ध होना बहुत जरूरी है।

□

38

बिन मेहनत मौत

एक किसान था। खेती करने के लिए उसके पास दो बैल थे। वे बैल खेती में बड़ी मेहनत करते थे, पर किसान उन दोनों का कुछ खास खयाल नहीं रखता था। उन दोनों के लिए बस कुछ सूखी घास डालता था। बहुत दिन ऐसे ही बिताने के बाद एक बैल दूसरे से बोला, 'हम इतनी मेहनत करते हैं और किसान हमें खाने के लिए सिर्फ कुछ सूखी घास और रहने के लिए यह गंदी सी जगह का ही इंतजाम कर पाया है। मैं तो इस फिजूल की मेहनत से परेशान हो गया हूँ। हम दोनों से अच्छे तो उस किसान के सूकर हैं, जो बिना कुछ किए दिन-रात अच्छा खाना खा रहे हैं। किसान उनका कितना खयाल रखता है।'

यह सुनकर दूसरे

बैल ने उसे कुछ दिन और रुकने के लिए कहा।

एक दिन किसान घर जल्दी आ गया। उसके साथ कुछ मेहमान भी थे। दरअसल किसान ने उनको अपनी बेटी के लिए रिश्ता तय करने के लिए बुलाता था। रसोईघर में महिलाएँ जोरों से तैयारी कर रही थीं। कुछ ही देर में किसान बाहर गया और सूकरों को मुक्त करके उनका गला काट दिया।

यह सारी घटना देखकर बोधिसत्व बैल दूसरे बैल से कहता है, 'मैंने तुम्हें इसी दिन के लिए रुकने को कहा था, देखा बिना मेहनत का नतीजा।'

□

39

संगति का फल

एक समय बोधिसत्व ने बिस्खोपरा के कुल में जन्म लिया। बूढ़े होने पर वह बहुत बड़ी बिस्खोपरा टोली का सरदार बन गया। सबका खयाल रखना और मार्गदर्शन करना उसका फर्ज था।

कुछ दिन बाद उसकी टोली में एक नन्हे बिस्खोपरा ने जन्म लिया। बचपन से ही उसकी दोस्ती बिल के पास रहनेवाले छिपकली के बच्चे के साथ हो गई। सरदार उस नन्हे बिस्खोपरा के माता-पिता को बहुत समझाता कि अपने बच्चे को छिपकली के बच्चे की संगत नहीं करने की सलाह दें, पर कुछ फायदा नहीं होता। सरदार यह भी कहता कि इससे हम मुसीबत में पड़ सकते हैं, पर न तो माता-पिता और न ही उनका बच्चा सरदार की बात को गंभीरता से लेते।

बच्चा छिपकली के बच्चे के साथ खेलते-खेलते बड़ा होने लगा। बिस्खोपरे का बच्चा छिपकली के बच्चे से जल्दी बड़ा होने लगा, इससे छिपकली का बच्चा दिन-पर-दिन बिस्खोपरा से ईर्ष्या करने लगा। वह सोचता कि वे एक साथ रहकर एक जैसा व्यवहार करते हैं, पर बिस्खोपरा का बच्चा उससे ज्यादा बड़ा हो रहा है और अधिक शानदार लग रहा है, पर वह उसके सामने कितना दुर्बल है।

एक दिन जंगल में एक शिकारी आ गया। छिपकली का बच्चा शिकारी

को बहकाकर बिस्खोपरा के पास ले गया। डरकर बिस्खोपरा अपने बिल में भाग गया। शिकारी ने बिल में आग लगा दी। सारे बिस्खोपरा धुएँ और आग के कारण बाहर आ गए। शिकारी ने एक-एक कर बहुत सारे बिस्खोपरों को मार दिया। बिस्खोपरों का सरदार और कुछ बिस्खोपरे बचकर भाग जाते हैं।

बाद में बिस्खोपरों का सरदार कहता है, देखा नीच जीव की संगति का फल। हमारी टोली को उसी दिन भाग जाना चाहिए था, जब बिस्खोपरा के बच्चे ने उस नीच के साथ दोस्ती की थी।

□

40
ठगी

किसी गाँव में कौशल नामक एक किसान रहता था। एक बार वह एक बछिया लेकर अपने घर जा रहा था। रास्ते में उसे तीन ठग मिले। किसान के कंधे पर बछिया को देखकर तीनों ने उसे हथियाने की योजना बनाई।

एक ने किसान को रोककर कहा, 'भइया, यह आप अपने कंधे पर क्या उठा कर ले जा रहे हैं। यह क्या अनर्थ कर रहे हैं? कुत्ते को कंधों पर बैठाकर ले जा रहे हैं।'

किसान ने उसे झिड़कते हुए कहा, 'अंधा हो गया है क्या? दिखाई नहीं देता यह बछिया है, गाय का बच्चा।'

पहले ठग ने फिर कहा, 'खैर, मेरा काम आपको बताना था। अगर आपको कुत्ता ही अपने कंधों पर ले जाना है तो मुझे क्या? आप जानें और आपका काम।'

थोड़ी दूर चलने के बाद किसान को दूसरा ठग मिला। उसने किसान को रोका और कहा, 'भइयाजी, क्या आपको पता नहीं कि कुलीन लोगों को अपने कंधों पर कुत्ता नहीं लादना चाहिए।'

किसान उसे भी झिड़ककर आगे बढ़ गया। आगे जाने पर उसे तीसरा ठग मिला। उसने भी किसान से उसके कंधे पर कुत्ता ले जाने का कारण

पूछा। इस बार किसान को विश्वास हो गया कि उसने बछिया नहीं, बल्कि कुत्ते को अपने कंधे पर बैठा रखा है। थोड़ी दूर जाकर, उसने बछिया को कंधे से उतार दिया और आगे बढ़ गया। इधर तीनों ठग ने उस बछिया को बेचकर खूब दावत उड़ाई।

□

41

आम्रपाली

एक बार तथागत बुद्ध वैशाली पहुँचे। समाचार सुनकर वहाँ की प्रसिद्ध नृत्यांगना अंबपाली भी उनके उपदेश सुनने पहुँची। तथागत एक वृक्ष की छाया में बैठे थे और हजारों उपासक उनके उपदेश सुन रहे थे। उपदेश समाप्त होने पर अंबपाली ने नतमस्तक होकर तथागत को अपने यहाँ अगले दिन भोजन पर आमंत्रित किया। वह बोली, 'तथागत। आपके चरण कमलों से इस दासी की कुटिया पवित्र हो जाएगी।'

तथागत ने अंबपाली की प्रार्थना स्वीकार कर ली। वहाँ उपस्थित राजकुमारों को यह अखरा। उन्होंने कहा, 'यह वेश्या है, आपके चरणों के योग्य नहीं है। आपके लिए राजमहल प्रस्तुत है।'

तथागत के लिए राजा और वेश्या में क्या अंतर है ? तथागत समदृष्टि हैं।

मार्ग में खुशी से दीवानी अंबपाली से राजकुमारों ने कहा, 'अंबपाली, हम तुझको एक लाख स्वर्ण मुद्रा देंगे, तू तथागत को कल के भोजन के लिए हमारे यहाँ आने दे।'

अंबपाली ने उत्तर दिया, 'आर्यपुत्रो! यह नहीं हो सकता। यदि आप समस्त साम्राज्य भी मुझे दे देते, तो भी मैं इस निमंत्रण को नहीं बेच सकती। यह गौरव बेचने या अदला-बदली करने की चीज नहीं है।'

अंबपाली ने बुद्ध के प्रति अनुपम श्रद्धा दिखाई और भोजन के बाद अपने आम्र उपवन को बुद्ध और भिक्क्षु संघ के लिए समर्पित कर दिया और स्वयं भी भिक्क्षुणी हो गई। उसका नाम आम्रपाली हो गया।

□

42

स्वाद का मोह

एक राजा था। उसके आलीशान महल के पीछे बहुत सुंदर बगीचा था। उसमें अनेक प्रकार के फलों के साथ आम के वृक्ष लगे थे। सभी पेड़-पौधे स्वादिष्ट फलों से लदे रहते थे। उनका आनंद राजा रोज शाम को लिया करता था। एक दिन, एक नर हिरण को बगीचे का पता लगा। वह रोज दोपहर आकर फूलों, पौधों और फलों को खाकर और फिर तहस-नहस करके जाने लगा।

जब राज़ा को पता लगा तो उसने हिरण को पकड़ने का आदेश दिया, लेकिन उसे कोई पकड़ नहीं पाया। सारे सैनिक हैरान रह गए। एक दिन एक माली आकर बोला कि वह हिरण को अकेले ही पकड़ लेगा, बस उसे कुछ सामान की जरूरत पड़ेगी। राजा ने सारा सामान दे दिया।

एक दिन राजा को खबर मिली कि माली ने हिरण को रस्सी से बाँध लिया है। राजा बगीचे में पहुँचा। उसने माली से पूछा, 'तुमने अकेले ने यह काम कैसे किया?'

माली बोला, 'मैं हर रोज घास पर शहद फैला दिया करता था। इससे उस हिरण को इतनी चाट पड़ गई कि वह रोज घास खाने आने लगा। जब मैं उसे पकड़ने गया तो भी वह नहीं भागा, क्योंकि उसे शहद से युक्त घास इतनी प्रिय हो गई कि उसने अपनी जान की भी परवाह नहीं की।'

□

43

मन में बीज

एक दिन एक किसान बुद्ध के पास आया और बोला, 'महाराज, मैं एक साधारण किसान हूँ। बीज बोकर, हल चलाकर अनाज उत्पन्न करता हूँ और तब उसे ग्रहण करता हूँ। किंतु इससे मेरे मन को तसल्ली नहीं मिलती। मैं कुछ ऐसा करना चाहता हूँ, जिससे मेरे खेत में अमरत्व के फल उत्पन्न हों। आप मुझे मार्गदर्शन दीजिए, जिससे मेरे खेत में अमरत्व के फल उत्पन्न होने लगें।'

बात सुनकर बुद्ध मुसकराकर बोले, 'भले व्यक्ति, तुम्हें अमरत्व का फल तो अवश्य मिल सकता है, किंतु इसके लिए तुम्हें खेत में बीज न बोकर अपने मन में बीज बोने होंगे?'

यह सुनकर किसान हैरानी से बोला, 'प्रभु, आप यह क्या कह रहे हैं? भला मन के बीज बोकर भी फल प्राप्त हो सकते हैं।'

बुद्ध बोले, 'बिल्कुल हो सकते हैं और इन बीजों से तुम्हें जो फल प्राप्त होंगे, वे वाकई साधारण न होकर अद्‌भुत होंगे, जो तुम्हारे जीवन को भी सफल बनाएँगे और तुम्हें नेकी की राह दिखाएँगे।'

किसान ने कहा, 'प्रभु, तब तो मुझे अवश्य बताइए कि मैं मन में बीज कैसे बोऊँ?'

बुद्ध बोले, 'तुम मन में विश्वास के बीज बोओ, विवेक का हल चलाओ,

ज्ञान के जल से उसे सींचो और उसमें नम्रता का उर्वरक डालो। इससे तुम्हें अमरत्व का फल प्राप्त होगा। उसे खाकर तुम्हारे सारे दुःख दूर हो जाएँगे और तुम्हें असीम शांति का अनुभव होगा।'

बुद्ध से अमरत्व के फल की प्राप्ति की बात सुनकर किसान की आँखें खुल गईं। वह समझ गया कि अमरत्व का फल सद्विचारों द्वारा ही प्राप्त किया जा सकता है।

□

44
धूर्त सियार

बोधिसत्व ने एक चूहे के रूप में जन्म लिया। वे बड़े बुद्धिमान थे और हजारों चूहों के साथ जंगल में रहते थे। वे इतने बड़े थे कि छोटे सूकर जैसे लगते थे। उसी जंगल में एक धूर्त सियार रहता था, वह बड़ा ही धूर्त था और उसकी निगाहें सदैव जंगल के चूहों पर रहती थीं। वह इन चूहों को कई दिनों से खाने की योजना बना रहा था और अंत में एक योजना उसने सोची और वह चूहों की बस्ती के पास गया और सूर्य की ओर मुँह करके एक टाँग के बल खड़ा हो गया।

एक दिन बोधिसत्व भोजन की तलाश में निकले और उन्होंने इस सियार को सूर्य की ओर मुँह किए पाया, जोकि एक टाँग के बल खड़ा था। बोधिसत्व ने सोचा, 'वह शायद एक संत है, जो एक टाँग के बल खड़ा होकर ध्यानमग्न है।'

बोधिसत्व ने नमस्कार करके उसका नाम पूछा। सियार ने उत्तर दिया, 'मेरा नाम भगत है।'

चूहे बोधिसत्व ने पूछा, 'तुम एक टाँग के बल क्यों खड़े हो?'

सियार ने कहा, 'यदि मैं चारों टाँगों के बल पर खड़ा हो जाऊँगा तो पृथ्वी मेरा भार सहन नहीं कर पाएगी।'

चूहे बोधिसत्व ने उससे पूछा, 'किंतु तुमने अपना मुँह क्यों खुला रखा है?'

सियार ने कहा, 'मैं सिर्फ हवा खाता हूँ, हवा में साँस लेने के लिए और हवा ही मेरा भोजन है।'

चूहे बोधिसत्व ने प्रश्न किया, 'तुम सूर्य की ओर मुँह करके क्यों खड़े हो?'

सियार बोला, 'मैं इस तरह से सूर्य की आराधना करता हूँ।'

बोधिसत्व सियार की बाते सुनकर बड़े प्रभावित हुए।

अब क्या था, सुबह-शाम चूहे सियार को प्रणाम करने आने लगे। सियार भी बड़ा खुश था, क्योंकि उसे लगा कि उसकी योजना सफल होने लगी है। चूहे लाइन लगाकर सियार को प्रणाम करते थे और जब वापस जाने लगते थे तो लाइन के अंतिम चूहे को सियार पकड़कर खा जाता और इस तरह किसी को पता भी नहीं चलता था।

धीरे-धीरे चूहों की संख्या कम होती गई। चूहों का मुखिया बेहद परेशान था कि आखिर उसके समाज के चूहों की संख्या में लगातार कमी कैसे आ रही थी।

उसने बोधिसत्व से इस बात की चर्चा की। उन्हें सियार पर शक हुआ कि कहीं उसकी धोखेबाजी तो नहीं है। एक दिन बोधिसत्व ने सियार की परीक्षा लेने की सोची। बोधिसत्व ने अगले दिन सारे चूहों को आगे जाने दिया और अंत में बोधिसत्व गए। हमेशा की तरह सियार ने लाइन के आखिरी चूहे बोधिसत्व को दबोचने की कोशिश की, पर बोधिसत्व बहुत तेज गति से निकल गए और जाते-जाते पलटकर सियार की ओर मुड़े ओर कहा, 'धूर्त सियार, तुम साधु के रूप में मक्कार हो। तुमने संत बनने का नाटक किया। तुम ढोंगी, पाखंडी और बहुत बड़े धूर्त हो।'

चूहे यह सब सुन रहे थे। असल सच उनके सामने आ गया था। वे क्रोधित हो गए, फिर समूह में एकत्रित होकर धूर्त सियार पर हमला कर दिया और उसे जंगल से खदेड़ दिया। धूर्त सियार अपने प्राण बचाकर भाग गया। □

45
अनुकंपा

एक बार गौतम बुद्ध से राजकुमार अभय ने प्रश्न किया कि क्या श्रमण गौतम कभी कठोर वचन कहते हैं ? उसने सोच रखा था कि नहीं कहने पर वह बताएगा कि एक बार उन्होंने देवदत्त को नरकगामी कहा था और यदि हाँ कहें तो उसने पूछा जा सकता है कि जब आप कठोर शब्दों का प्रयोग करने से स्वयं को रोक नहीं पाते, तब दूसरों को ऐसा उपदेश कैसे देते हैं ?

बुद्ध ने अभय के प्रश्न का आशय जान लिया। उन्होंने कहा, 'इसका उत्तर न तो हाँ में दिया जा सकता है और न नहीं में।'

अभय की गोद में उस समय एक छोटा बालक था। उसकी ओर इशारा करते हुए बुद्ध ने पूछा, 'राजकुमार, यदि दाई के अनजाने में यह बालक अपने मुख में काठ का टुकड़ा डाल ले, तब तुम क्या करोगे ?'

'मैं उसे निकालने का प्रयास करूँगा।'

'यदि वह आसानी से न निकल सकता हो तो ?'

'तो बाएँ हाथ से उसका सिर पकड़कर दाहिने हाथ की उँगली को टेढ़ा करके उसे निकालूँगा।'

'यदि खून निकलने लगे तो ?'

'तो भी मेरा यही प्रयास रहेगा कि वह काठ का टुकड़ा किसी-न-किसी तरह बाहर निकल आए।'

'ऐसा क्यों?'

'इसलिए कि भंते, इसके प्रति मेरे मन में अनुकंपा है।'

'राजकुमार, ठीक इसी तरह तथागत जिस वचन के बारे में जानते हैं कि यह मिथ्या या अनर्थकारी है और उससे दूसरों के हृदय को ठेस पहुँचती है, तब उसका वे कभी उच्चारण नहीं करते, पर इसी तरह जो वचन उन्हें सत्य और हितकारी प्रतीत होते हैं तथा दूसरों को प्रिय लगते हैं, उनका वे सदैव उच्चारण करते हैं।

इसका कारण यही है कि तथागत के मन में सभी प्राणियों के प्रति अनुकंपा है।'

□

46

तृष्णा का अंत कहाँ

बनारस के राजा देवदत्त के दो पुत्र थे। दोनों को महाराजा बहुत प्यार करते थे। समय आने पर अपने बड़े बेटे को उन्होंने युवराज घोषित किया और छोटा बेटा, जो अस्त्र-शस्त्र विद्या में निपुण था, उसे भावी सेनापति।

समय बीतता गया और एक दिन महाराजा देवदत्त का निधन हो गया। पूर्व राजघोषणा के अनुसार मंत्रिमंडल व राज परिवार के सदस्यों ने बड़े राजकुमार को राजसिंहासन सौंपना चाहा तो उसने अस्वीकार कर दिया, क्योंकि वह दूसरी प्रवृत्ति का व्यक्ति होने के साथ अपने छोटे भाई से बहुत प्रेम करता था। वह सामान्य व सादा जीवन जीना चाहता था, अतः उसने यह अधिकार अपने अनुज को देने की घोषणा कर दी। मंत्रियों ने समझाने की कोशिश की कि महाराज देवदत्त की इच्छा माननी चाहिए, किंतु वह नहीं माना। वस्तुतः उसे राजसत्ता से विरक्ति हो गई थी और वह स्वतंत्र जीवन जीना चाहता था। ऐसे में छोटे राजकुमार सुरव्रत का राज्याभिषेक कर राजा बना दिया गया।

आम आदमी की तरह स्वतंत्र जीवन जीने के लिए राजकुमार अनुव्रत अपनी राजधानी छोड़ अपने राज्य में ही दूर दूसरे नगर में एक सेठ के पास साधारण सी नौकरी करने लगा, जहाँ उसने अपना परिचय छिपाए रखा, पर सत्य कहाँ छिप सकता है? किसी तरह से सेठ को उसकी हकीकत पता चल ही गई कि यह कोई साधारण व्यक्ति न होकर राज पुरुष है तो सेठ के व्यवहार में बदलाव आ गया और उनकी कोशिश होती कि वह नौकर से कोई

काम न ले या कम काम लेना पड़े।

एक दिन अनुव्रत को पता चला कि राजकर्मचारी लगान बढ़ाने के लिए जमीनों को माप रहे हैं, जिस कारण सेठ परेशान है। इसे देख अनुव्रत ने अपने स्वामी की मदद करने के विषय में सोचा और उसने अपने भाई सुरव्रत को इसी विषय में एक पत्र लिखा, 'मैं पिछले बहुत दिनों से सेठजी के यहाँ सुखपूर्वक रह रहा हूँ। मेरी इच्छा है कि तुम इस सेठ का लगान माफ कर दो।'

पत्र मिलते ही राजा सुरव्रत ने बड़े भाई की इच्छापूर्ति का आदेश जारी कर दिया और सेठ का लगान माफ हो गया। सेठ को अनुव्रत द्वारा की गई गुप्त मदद से बड़ी खुशी हुई और इस बात का लोगों पर प्रभाव जमाने के लिए राजकुमार के दयालु स्वभाव की प्रशंसा करने लगा। फिर क्या था, कई लोग लगान माफी की अर्जियाँ लेकर राजकुमार अनुव्रत के पास जा पहुँचे। राजकुमार दयालु तो था ही, उन सभी की लगान माफी की अपील राजा सुरव्रत को कर दी।

जिसे पढ़कर छोटे भाई ने पूरे नगर के लोगों का लगान माफ कर दिया, इसके लिए चाहे उसे राजस्व का नुकसान भी हुआ। उसके बाद तो पूरे क्षेत्र के लोग अनुव्रत के भक्त हो गए और उसे 'बड़ा राजा' कहकर संबोधित करने लगे। उसकी सेवा में उपहार भेंट करते और इसी तरह चलते उस पूरे क्षेत्र में अनुव्रत की अखंड सत्ता कायम हो गई और वह सर्वसम्मति से वहाँ का राजा बन गया।

विधि की विडंबना कहिए कि स्वेच्छा से त्याग दिए गए राजसुख को फिर से पाकर वह खुशी से आनंदित होने लगा। मन कब बदल जाए कौन जाने? अधिकार सत्ता जताने के लिए कुछ वर्ष बाद भाई को पत्र भेजा कि इस प्रांत पर अब मेरा राज्य है। सुरव्रत तो उसका भरत की तरह अनन्य भक्त था ही, चाहे वह राम न बन सका, उसने सहर्ष स्वीकार कर लिया। मनुष्य की तृष्णा का अंत नहीं। उसने अपनी सेनाओं का विस्तार करना शुरू किया और आस-पास के प्रांतों पर अधिकार करना शुरू किया तो छोटे भाई ने वहाँ भी उसकी सत्ता मान ली। अनुव्रत की जैसे-जैसे इच्छाएँ पूरी होतीं, उसकी

लालसा और भी बढ़ती जाती। उसकी पूरे राज्य का राजा बनने इच्छा हुई, किंतु उसे शक था कि कहीं छोटा भाई राज्य आसानी से न छोड़े। यही विचार करके बहुत से लोगों की भीड़ जुटा राज द्वार पर पहुँचकर छोटे भाई के पास संदेश भेजा, 'राज दो या आकर युद्ध करो।'

छोटा भाई सुरव्रत सोच में पड़ गया कि युद्ध करने पर भाई की मृत्यु हुई तो कल बदनामी होगी और यदि समर्पण करता हूँ तो कायर माना जाऊँगा। फिर भी उसने बड़े भाई को उसकी राजगद्दी वापस देने के लिए मंत्रियों से सलाहकर उसे ससम्मान राज सिंहासन पर बैठा दिया। अनुव्रत बनारस का राजा बन गया। उसकी सभी लालसाएँ पूरी हो गईं, फिर भी तृष्णा समाप्त नहीं हुई। अपना राज्य बढ़ाने की नई लालसा जाग उठी। पड़ोस के राज्यों को हथियाना शुरू कर दिया। किसी दूसरे का ऐश्वर्य उसे सहन ही न होता। राजा इंद्र को उसकी बढ़ती तृष्णा से दुःख हुआ तो वे एक ब्रह्मचारी के रूप में उसके पास गए तथा उसे अकेले में एक गुप्त सूचना देने के लिए एकांत में ले जाकर बोले, 'राजन, मैंने तीन ऐसे नगर देखे हैं, जहाँ अकूत धन-संपत्ति है। घर-घर में सोना बरसता है, आप उन नगरों को अपने अधिकार में कर लें।'

सुनते ही राजा लोभ में अंधा हो गया और उन नगरों पर चढ़ाई करने को बेताब हो उठा। ब्रह्मचारी यह बताकर वहाँ से चला गया।

राजा ने तुरत मंत्रियों को बुला, इन तीनों नगरों के बारे में बताया और जल्दी से उन पर चढ़ाई करने के लिए सेना तैयार करने का आदेश दिया, 'मैं शीघ्रातिशीघ्र इन नगरों को जीतना चाहता हूँ।'

मंत्री ने पूछा, 'महाराज, वे नगर कहाँ हैं?'

राजा हैरानी से बोला, 'यह तो मुझे पता नहीं, उस ब्रह्मचारी से पूछो, जो अभी-अभी मुझे बताकर गया है। यहीं-कहीं बाहर होगा, उसे ढूँढ़ लाओ।'

मंत्री ने स्वयं जाकर ब्रह्मचारी को ढूँढ़ा, किंतु वापस आकर राजा को बताया कि बाहर तो दूर-दूर तक कोई नहीं है।

राजा को लगा कि जैसे उसका सबकुछ छिन गया हो। छटपटाते हुए कहने लगा, 'हाय! अब क्या होगा। उन नगरों के बारे में सुनते ही मैं इतना उत्तेजित

हो गया था कि न तो मैंने उस ब्रह्मचारी का कोई सम्मान किया, न ही नगरों का पता-ठिकाना पूछा। हे ईश्वर! तीन-तीन स्वर्ण नगर मेरे हाथों से निकल गए। अब ढूँढ़ूँ भी तो कैसे, उनका पता तक नहीं पूछा। कैसे मिलेंगे अब वे?'

राजा इसी सोच में चिंतित रहने लगा व उन नगरों की याद आते ही दिल में दर्द की हूक उठने लगी। आंतरिक दुःख से अतिसार हो गया। हकीमों का इलाज बेअसर, उसका रोग बढ़ता ही गया। हर समय तीन नगरों को हथियाने की चिंता घेरे रहती।

एक दिन बोधिसत्व तक्षशिला से आयुर्वेद की दीक्षा लेकर आए। वैद्य ने राजा की असाध्य बीमारी का उपचार करने की इच्छा से राजा से भेंट की। राजा बहुत दुःखी था, पर बड़े-बड़े वैद्यों के इलाज के बाद रोग ठीक न होने पर किसी अनाड़ी से अपना इलाज करवाने की सोच भी नहीं सकता था। इस कष्ट से छुटकारा तो चाहता ही था, इसलिए नए चिकित्सक को बुलाकर कहने लगा, 'मेरी बीमारी को सभी वैद्यों ने असाध्य बताया है। तुम व्यर्थ की कोशिश करने आए हो।'

बोधिसत्व ने धैर्यपूर्वक कहा, 'महाराज, सही प्रयत्न करने से असाध्य रोग भी सही हो जाते हैं। आप कृपया यह बताएँ कि इस रोग की शुरुआत कब और कैसे हुई?'

पीड़ा से कराहते राजा ने कहा, 'अनाड़ी वैद्य, रोग की कहानी सुनकर क्या करोगे, कोई दवा है तो दे दो।'

बोधिसत्व बोला, 'रोग की पूरी जानकारी होने पर ही अचूक दवा दी जा सकती है। रोग का मूल पता चलने पर ही उसे निर्मूल समाप्त किया जा सकता है।'

इस पर राजा ने तीनों नगरों के बारे में पूरी बात सविस्तार बता दी और अंत में बोला, 'बस उसी से मेरे दिल को ऐसा धक्का लगा कि मैं पूरी तरह टूट गया। हर समय उसी नुकसान के बारे में सोच-सोचकर परेशान रहता हूँ। इसका मुझे इतना दुःख है कि मैं बता नहीं सकता।'

पूरी व्यथा-कथा सुनकर बोधिसत्व बोले, 'महाराज, एक बात बताएँ,

चिंता करने से क्या सभी नगर मिल जाएँगे?'

'नहीं वैद्यजी, जो गया सो, अब कहाँ मिलेगा? पूरी गलती मेरी ही थी, जो न तो ब्रह्मचारी का सत्कार किया, न ही नगरों के बारे में पूछा। यदि पता होता तो मैं नगरों को जीत लेता।'

बोधिसत्व बोले, 'जब जीते ही नहीं तो बेकार में उनके लिए क्यों परेशान होते हैं? उनके अतिरिक्त भी तो आप के पास धन-वैभव की कोई कमी नहीं है, उसे भोगने की बजाय आप, जो नहीं मिला, उसकी चिंता में बीमार हो रहे हैं। आवश्यकता से अधिक वैभव की लालसा न कीजिए। एक मनुष्य की आवश्यकता क्या है, एक बिस्तर काफी होता है, फिर चार बिस्तरों की क्या जरूरत है। वह चार बिस्तरों पर तो एक साथ नहीं सोता, फिर एक को पाकर चार की लालसा क्यों, जो आपके पास है, वह काफी है, उसी को भोगिए। अब और नगरों को लेकर क्या करेंगे? वे आप के लिए फालतू होंगे और फालतू चीजों के लिए मूल्यवान जीवन नष्ट करना मूर्खता है। तृष्णा त्यागकर संतोष अपनाइए।'

राजा को उसकी बात समझ में आने लगी तो बोला, 'अच्छा यह सब ठीक है, अब कुछ दवा तो दीजिए। मेरे पेट की कोई दवा देवें तो में जल्दी रोगमुक्त हो जाऊँ।'

बोधिसत्व बोले, 'यह रोग पेट का नहीं, मन का है, जिसके लिए मैंने आपको सर्वगुणकारी ज्ञानोषधि दे दी है। इसी से लाभ होगा। चिंता की दुर्वासना को निकाल फेंकिए, आप जल्दी ही स्वस्थ हो जाएँगे।'

इतना कहकर बोधिसत्व ने राजा से विदा ली और राजा अनुव्रत ने बीती बातों को भुला पराए धन की तृष्णा छोड़ दी। मन स्वस्थ और शांत हो गया और कुछ ही दिनों में वह बिना दवाई के रोगमुक्त हो गया।

तृष्णा अंतहीन होती है, एक के बाद दूसरी आ ही जाती है, प्राणी इन्हीं की तृप्ति में जीवन गँवा बैठता है। अनावश्यक इच्छाओं का दमन करके ही जीवन में सुख, शांति और आनंद का अनुभव किया जा सकता है।

□

47
अछूत कन्या

एक बार वैशाली के बाहर धम्म प्रचार के लिए जाते हुए गौतम बुद्ध ने देखा कि कुछ सैनिक तेजी से भागती हुई एक लड़की का पीछा कर रहे हैं। वह डरी हुई लड़की एक कुएँ के पास जाकर खड़ी हो गई। वह हाँफ रही थी और प्यासी भी थी। बुद्ध ने उस बालिका को अपने पास बुलाया और कहा कि वह उनके लिए कुएँ से पानी निकाले, स्वयं भी पिए और उन्हें भी पिलाए। इतनी देर में सैनिक भी वहाँ पहुँच गए। बुद्ध ने उन सैनिकों को हाथ के संकेत से रुकने को कहा। उनकी बात पर वह कन्या कुछ झेंपती हुई बोली, 'महाराज, मैं एक अछूत कन्या हूँ। मेरे कुएँ से पानी निकालने पर जल दूषित हो जाएगा।'

बुद्ध ने उससे फिर कहा, 'पुत्री, बहुत जोर की प्यास लगी है, पहले तुम पानी पिलाओ।'

इतने में वैशाली नरेश भी वहाँ आ पहुँचे। उन्होंने बुद्ध को नमन किया और सोने के बरतन में केवड़े और गुलाब का सुगंधित पानी पेश किया। बुद्ध ने उसे लेने से इनकार कर दिया। बुद्ध ने एक बार फिर बालिका से अपनी बात कही। इस बार बालिका ने साहस बटोरकर कुएँ से पानी निकलकर स्वयं भी पिया और गौतम बुद्ध को भी पिलाया। पानी पीने के बाद बुद्ध ने बालिका से भय का कारण पूछा। कन्या ने बताया मुझे संयोग से राजा के दरबार में

गाने का अवसर मिला था। राजा ने मेरा गीत सुन मुझे अपने गले की माला पुरस्कार में दी, लेकिन उन्हें किसी ने बताया कि मैं अछूत कन्या हूँ। यह जानते ही उन्होंने अपने सिपाहियों को मुझे कैद खाने में डाल देने का आदेश दिया। मैं किसी तरह उनसे बचकर यहाँ तक पहुँची थी।

इस पर बुद्ध ने कहा, सुनो राजन, यह कन्या अछूत नहीं है, आप अछूत हैं। जिस बालिका के मधुर कंठ से निकले गीत का आपने आनंद उठाया, उसे पुरस्कार दिया, वह अछूत हो ही नहीं सकती। गौतम बुद्ध के सामने वह राजा लज्जित ही हो सकते थे।

□

48

शैतानी की कीमत

किसी शहर में एक बड़े भवन का निर्माण किया जा रहा था। भवन में लकड़ी का काम बहुत था, इसलिए लकड़ी चीरनेवाले बहुत से मजदूर काम पर लगे हुए थे। यहाँ-वहाँ लकड़ी के लट्ठे पड़े हुए थे और लट्ठे व शहतीर चीरने का काम चल रहा था। सारे मजदूरों को दोपहर का भोजन करने के लिए शहर जाना पड़ता था, इसलिए दोपहर के समय एक घंटे तक वहाँ कोई नहीं होता था। एक दिन खाने का समय हुआ तो सारे मजदूर काम छोड़कर चल दिए। एक लट्ठा आधा चिरा रह गया था। आधे चिरे लट्ठे में मजदूर लकड़ी का कीला फँसाकर चले गए। ऐसा करने से दोबारा आरी घुसाने में आसानी रहती है।

तभी वहाँ बंदरों का एक दल उछलता-कूदता आ पहुँचा। उनमें एक बंदर बड़ा शरारती था, जो बिना मतलब चीजों से छेड़छाड़ करता रहता था। बंदरों के मुखिया ने सबको वहाँ पड़ी चीजों से छेड़छाड़ न करने का निर्देश दिया। सारे बंदर पेड़ों की ओर चल दिए, पर वह शैतान बंदर सबकी नजर बचाकर पीछे रह गया और लगा अड़ंगेबाजी करने।

उसकी नजर अधचिरे लट्ठे पर पड़ी। बस, वह उसी पर पिल पड़ा और बीच में अड़ाए गए कीले को देखने लगा। फिर उसने पास पड़ी आरी को देखा। उसे उठाकर लकड़ी पर रगड़ने लगा। उससे किर्रर-किर्रर की आवाज

निकलने लगी तो उसने गुस्से से आरी पटक दी। उन बंदरों की भाषा में किर्रर-किर्रर का अर्थ 'निखट्टू' था। वह दोबारा लट्ठे के बीच फँसे कीले को देखने लगा।

उसके दिमाग में कौतूहल होने लगा कि इस कीले को लट्ठे के बीच में से निकाल दिया जाए तो क्या होगा? अब वह कीले को पकड़कर उसे बाहर निकालने के लिए जोर आजमाइश करने लगा।

कीला जोर लगाने पर हिलने व खिसकने लगा तो बंदर अपनी शक्ति पर खुश हो गया।

वह और जोर से खौं-खौं करता कीला सरकाने लगा। इस धींगामुश्ती में बंदर की पूँछ दो पाटों के बीच आ गई, जिसका उसे पता ही नहीं लगा।

उसने उत्साहित होकर एक जोरदार झटका मारा और जैसे ही कीला बाहर खिंचा, लट्ठे के दो चिरे भाग फटाक से क्लिप की तरह जुड़ गए और बीच में फँस गई बंदर की पूँछ। बंदर चिल्ला उठा।

तभी मजदूर वहाँ लौटे। उन्हें देखते ही बंदर ने भागने के लिए जोर लगाया तो उसकी पूँछ टूट गई। वह चीखता हुआ टूटी पूँछ लेकर भागा।

□

49

रुनझुन मृग

किसी जंगल में रुनझुन नामक एक दिव्य मृग रहता था। सोने के रंग में ढला उसका सुंदर सजीला बदन माणिक, नीलम और पन्ने की कांति की चित्रांगता से शोभायमान था। मखमल से मुलायम उसके रेशमी बाल, आसमानी आँखें तथा तराशे स्फटिक से उसके खुर और सींग सहज ही किसी का मन मोह लेनेवाले थे। तभी तो जब भी वह वन में चौकड़ियाँ भरता तो उसे देखनेवाला हर कोई आह भर उठता।

जाहिर है कि रुनझुन एक साधारण मृग नहीं था। उसकी अप्रतिम सुंदरता उसकी विशेषता थी, लेकिन उससे भी बड़ी उसकी विशेषता यह थी कि वह विवेकशील था और मनुष्य की तरह बातचीत करने में भी समर्थ था। पूर्व जन्म के संस्कार से उसे ज्ञात था कि मनुष्य स्वभावत: एक लोभी प्राणी है और लोभवश वह मानवीय करुणा का भी प्रतिकार करता आया है। फिर भी सभी प्राणियों के लिए उसकी करुणा प्रबल थी और मनुष्य उसके करुणा भाव के लिए कोई अपवाद नहीं था। यही करुणा रुनझुन की सबसे बड़ी विशिष्टता थी।

एक दिन रुनझुन जब वन में स्वच्छंद विहार कर रहा था तो उसे किसी मनुष्य की चीत्कार सुनाई दी। अनुसरण करता हुआ, जब वह घटना स्थल पर पहुँचा तो उसने वहाँ की पहाड़ी नदी की धारा में एक आदमी को बहते

पाया। रुनझुन की करुणा सहज ही फूट पड़ी। वह तत्काल पानी में कूद पड़ा और डूबते व्यक्ति को अपने पैरों को पकड़ने कि सलाह दी। डूबता व्यक्ति अपनी घबराहट में रुनझुन के पैरों को न पकड़ उसके ऊपर ही सवार हो गया। नाजुक रुनझुन उसे झटककर अलग कर सकता था, मगर उसने ऐसा नहीं किया। अपितु अनेक कठिनाइयों के बाद भी उस व्यक्ति को अपनी पीठ पर लाद बड़े संयम और मनोबल के साथ किनारे पर ला खड़ा किया।

सुरक्षित आदमी ने जब रुनझुन को धन्यवाद देना चाहा तो रुनझुन ने उससे कहा, 'अगर तू सच में मुझे धन्यवाद देना चाहता है तो यह बात किसी को ही नहीं बताना कि तूने एक ऐसे मृग द्वारा पुनर्जीवन पाया है, जो एक विशिष्ट स्वर्ण-मृग है, क्योंकि तुम्हारी दुनिया के लोग जब मेरे अस्तित्व को जानेंगे तो वे निस्संदेह मेरा शिकार करना चाहेंगे।' इस प्रकार उस मनुष्य को विदाकर रुनझुन पुनः अपने निवास स्थान को चला गया।

कालांतर में उस राज्य की रानी को एक स्वप्न आया। उसने स्वप्न में रुनझुन के साक्षात् दर्शन कर लिये। रुनझुन की सुंदरता पर मुग्ध और हर सुंदर वस्तु को प्राप्त करने की तीव्र अभिलाषा से रुनझुन को अपने पास रखने की उसकी लालसा प्रबल हुई। तत्काल उसने राजा से रुनझुन को ढूँढ़कर लाने का आग्रह किया। सत्ता मद में चूर राजा उसकी याचना को ठुकरा नहीं सका। उसने नगर में ढिंढोरा पिटवा दिया कि जो कोई भी रानी द्वारा कल्पित मृग को ढूँढ़ने में सहायक होगा, उसे वह एक गाँव तथा दस सुंदर युवतियाँ पुरस्कार में देगा।

ढिंढोरे की बात उस व्यक्ति ने भी सुनी, जिसे रुनझुन ने बचाया था। उस व्यक्ति को रुनझुन का निवास स्थान मालूम था। बिना एक क्षण गँवाए वह दौड़ता हुआ राजा के दरबार में पहुँचा। फिर हाँफते हुए उसने रुनझुन का सारा भेद राजा के सामने उगल डाला।

राजा और उसके सिपाही उस व्यक्ति के साथ तत्काल उस वन में पहुँचे और रुनझुन के निवास-स्थल को चारों ओर से घेर लिया। उनकी खुशी का ठिकाना न रहा जब उन्होंने रुनझुन को रानी की बताई छवि के बिल्कुल

अनुरूप पाया। राजा ने तब धनुष साधा और रुनझुन उसके ठीक निशाने पर था। चारों तरफ से घिरे रुनझुन ने तब राजा से मनुष्य की भाषा में यह कहा, 'राजन्, तुम मुझे मार डालो, मगर उससे पहले यह बताओ कि तुम्हें मेरा ठिकाना कैसे मालूम हुआ?'

उत्तर में राजा ने अपने तीर को घुमाते हुए उस व्यक्ति के सामने रोक दिया, जिसकी जान रुनझुन ने बचाई थी। रुनझुन के मुख से तभी यह वाक्य हठात् फूट पड़ा, 'निकाल लो लकड़ी के कुंदे को पानी से, न निकालना कभी एक अकृतज्ञ इनसान को।'

राजा ने जब रुनझुन से उसके संवाद का आशय पूछा तो रुनझुन ने राजा को उस व्यक्ति के डूबने और बचाए जाने की पूरी कहानी कह सुनाई। रुनझुन की करुणा ने राजा की करुणा को भी जगा दिया था। उस व्यक्ति की कृतघ्नता पर उसे रोष भी आया। राजा ने उसी तीर से जब उस व्यक्ति का संहार करना चाहा तो करुणावतार मृग ने उस व्यक्ति का वध न करने की प्रार्थना की।

रुनझुन की विशिष्टताओं से प्रभावित राजा ने उसे अपने साथ अपने राज्य में आने का निमंत्रण दिया। रुनझुन ने राजा के अनुग्रह को नहीं ठुकराया और कुछ दिनों तक वह राजा के आतिथ्य को स्वीकार कर पुनः अपने निवास-स्थल को लौट गया।

□

50
जीवन पानी

एक बार महात्मा बुद्ध अपने कुछ शिष्यों के साथ एक गाँव में भ्रमण कर रहे थे। ऐसे ही गाँव में घूमते हुए काफी देर हो गई। बुद्ध को काफी प्यास लगी। उन्होंने अपने एक शिष्य को गाँव से पानी लाने की आज्ञा दी। जब वह शिष्य गाँव में अंदर गया तो उसने देखा वहाँ एक नदी थी, जहाँ बहुत सारे लोग कपड़े धो रहे थे, कुछ लोग नहा रहे थे तो नदी का पानी काफी गंदा सा दिख रहा था।

शिष्य को लगा कि गुरुजी के लिए ऐसा गंदा पानी ले जाना ठीक नहीं होगा, यह सोचकर वह वापस आ गया। महात्मा बुद्ध को बहुत प्यास लगी थी, इसीलिए उन्होंने दूसरे शिष्य को पानी लाने भेजा। कुछ देर बाद वह शिष्य लौटा और पानी ले आया।

महात्मा बुद्ध ने शिष्य से पूछा, 'नदी का पानी तो गंदा था, फिर तुम साफ पानी कैसे ले आए?'

शिष्य बोला, 'प्रभु, वहाँ नदी का पानी वास्तव में गंदा था, लेकिन लोगों के जाने के बाद मैंने कुछ देर इंतजार किया और कुछ देर बाद मिट्टी नीचे बैठ गई और साफ पानी ऊपर आ गया।'

बुद्ध यह सुनकर बड़े प्रसन्न हुए और बाकी शिष्यों को भी सीख दी कि हमारा यह जो जीवन है, यह पानी की तरह है। जब तक हमारे कर्म अच्छे हैं,

तब तक सबकुछ शुद्ध है, लेकिन जीवन में कई बार दुःख और समस्या भी आते हैं, जिनसे जीवन रूपी पानी गंदा लगने लगता है। कुछ लोग पहलेवाले शिष्य की तरह बुराई को देखकर घबरा जाते हैं और मुसीबत देखकर वापस लौट जाते हैं, वे जीवन में कभी आगे नहीं बढ़ पाते, वहीं दूसरी ओर कुछ लोग जो धैर्यशील होते हैं, वे व्याकुल नहीं होते और कुछ समय बाद गंदगी रूपी समस्याएँ और दुःख खुद ही खत्म हो जाते हैं।

□

51

नकल विफल

एक देश में अकाल पड़ा। पानी की कमी से सारी फसलें मारी गईं। देशवासी अपने लिए एक वक्त की रोटी भी नहीं जुटा पाते थे। ऐसे समय कौवों को रोटी के टुकड़े मिलने बंद हो गए। वे जंगल की ओर उड़ चले।

उनमें से एक कौवा-कौवी ने पेड़ पर अपना बसेरा कर लिया। उस पेड़ के नीचे एक तालाब था, जिसमें एक जलकौवा रहता था। वह सारे दिन पानी में खड़े रहकर कभी मछलियाँ पकड़ता, कभी पानी की सतह पर पंख फैलाकर लहरों के साथ नाचता नजर आता।

पेड़ पर बैठे कौए ने सोचा कि मैं तो भूख से भटक रहा हूँ और यह चार-चार मछलियाँ एक साथ गटककर आनंद में है। यदि इससे दोस्ती कर लूँ तो मुझे मछलियाँ खाने को जरूर मिलेंगी।

वह उड़कर तालाब के किनारे गया और शहद सी मीठी बोली में कहने लगा, 'मित्र, तुम तो बहुत चुस्त-दुरुस्त हो। एक ही झटके में मछली को अपनी चोंच में फँसा लेते हो, मुझे भी यह कला सिखा दो।'

'तुम सीखकर क्या करोगे? तुम्हें मछलियाँ ही तो खानी हैं। मैं तुम्हारे लिए पकड़ दिया करूँगा।'

उस दिन के बाद से जलकौवा ढेर सारी मछलियाँ पकड़ता, कुछ खुद खाता और कुछ अपने मित्र के लिए किनारे पर रख देता। कौवा उन्हें चोंच

में दबाकर पेड़ पर जा बैठता और कौवी के साथ स्वाद ले-लेकर खाता।

कुछ दिनों के बाद उसने सोचा कि मछली पकड़ने में है ही क्या। मैं भी पकड़ सकता हूँ। जलकौवे की कृपा पर पलना ज्यादा ठीक नहीं।

ऐसा मन में ठानकर वह पानी में उतरने लगा।

'अरे दोस्त। यह क्या कर रहे हो? तुम पानी में मत जाओ। तुम थलकौवा हो, जलकौवा नहीं। तुम जल में मछली पकड़ने के दाँवपेंच नहीं जानते, मुसीबत में पड़ जाओगे।'

'यह तुम नहीं, तुम्हारा अभिमान बोल रहा है। मैं अभी मछली पकड़कर दिखाता हूँ।' कौवे ने अकड़कर कहा।

कौवा छपाक से पानी में घुस गया, पर ऊपर नहीं निकल सका। तालाब में काई जमी हुई थी। काई में छेद करने का उसे अनुभव नहीं था। उस बेचारे ने उसमें छेद करने की कोशिश भी की, ऊपर से थोड़ी सी चोंच दिखाई दे रही थी, पर निकलने के लिए बड़ा सा छेद होना था। नतीजतन उसका अंदर-ही-अंदर दम घुटने लगा और वह मर गया।

कौवी कौवे को ढूँढ़ती हुई जलकौवे के पास आई और अपने पति के बारे में पूछने लगी।

'बहन, कौवा मेरी नकल करता हुआ पानी में मछली पकड़ने उतर पड़ा और प्राणों से हाथ धो बैठा। उसने यह नहीं सोचा कि मैं जलवासी हूँ और जमीन पर भी चल सकता हूँ, पर वह केवल थलवासी है। मैंने उसे बहुत समझाया, पर उसने एक न सुनी।'

□

52
क्षमा-याचना

शाम का समय था। महात्मा बुद्ध एक शिला पर बैठे थे। वे डूबते सूर्य को एकटक देख रहे थे। तभी उनका शिष्य आया और गुस्से में बोला, 'गुरुजी, रामजी नाम के जमींदार ने मेरा अपमान किया है। आप तुरंत चलें, उसे उसकी मूर्खता का सबक सिखाना होगा।'

महात्मा बुद्ध मुसकराकर बोले, 'प्रिय, तुम बौद्ध हो। सच्चे बौद्ध का अपमान करने की शक्ति किसी में नहीं होती। तुम इस प्रसंग को भुलाने की कोशिश करो। जब प्रसंग को भुला दोगे, तो अपमान कहाँ बचेगा?'

'लेकिन तथागत, उस धूर्त ने आपके प्रति भी अपशब्दों का प्रयोग किया है। आपको चलना ही होगा। आपको देखते ही वह अवश्य शर्मिंदा हो जाएगा और अपने किए की क्षमा माँगेगा। बस, मैं संतुष्ट हो जाऊँगा।'

महात्मा बुद्ध समझ गए कि शिष्य में प्रतिकार की भावना प्रबल हो उठी है। इस पर सदुपदेश का प्रभाव नहीं पड़ेगा। कुछ विचार करते हुए वह बोले, 'अच्छा वत्स। यदि ऐसी बात है तो मैं अवश्य ही रामजी के पास चलूँगा और उसे समझाने की पूरी कोशिश करूँगा। बुद्ध ने कहा, हम सुबह चलेंगे।'

सुबह हुई, बात आई-गई हो गई। शिष्य अपने काम में लग गया और महात्मा बुद्ध अपनी साधना में। दूसरे दिन जब दोपहर होने पर भी शिष्य ने बुद्ध से कुछ नहीं कहा तो बुद्ध ने स्वयं ही शिष्य से पूछा, 'प्रियवर। आज

रामजी के पास चलोगे न? '

'नहीं गुरुवर। मैंने जब घटना पर फिर से विचार किया तो मुझे इस बात का आभास हुआ कि भूल मेरी ही थी। मुझे अपने कृत्य पर भारी पश्चात्ताप है। अब रामजी के पास चलने की कोई जरूरत नहीं।'

तथागत ने हँसते हुए कहा, 'यदि ऐसी बात है तो अब अवश्य ही हमें रामजी महोदय के पास चलना होगा। अपनी भूल की क्षमा याचना नहीं करोगे।'

□

53
सबसे बड़ा

एक हाथी, एक बंदर और एक तीतर में गहरी दोस्ती थी। वे एक विशाल वट वृक्ष की छाया में मिलते-बतियाते थे। एक बार उनमें बात चली कि कौन उनमें से अवस्था में सबसे बड़ा है, जिससे वे उसका यथोचित् आदर करें।

हाथी ने कहा कि जब वह छोटा था, इस बरगद की सबसे ऊपर की शाखा से अपना पेट खुजा सकता था। बंदर ने कहा कि बचपन में हाथ बढ़ाकर बरगद की फुनगी (सबसे ऊपर की शाखा) की पत्तियाँ खा सकता था। तीतर ने कहा कि उसके बचपन में एक और विशाल बरगद था, जिसके फल को खाकर जहाँ पर यह बरगद खड़ा है, उसने बीट की थी। उस बीट में बरगद के बीज से इस बरगद

का जन्म हुआ।

इस वार्त्तालाप से यह सिद्ध हुआ कि तीतर सबसे बड़ा है और हाथी और बंदर ने उसका सम्मान किया।

यह तीतर ही अनेक जन्मों के पश्चात् कपिलवस्तु में महाराज शुद्धोदन और महारानी माया के पुत्र सिद्धार्थ के रूप में जन्मा, जिसे अब सब शाक्य मुनि गौतम बुद्ध के रूप में जानते हैं।

□

54

चरित्रहीन कौन

एक बार महात्मा बुद्ध किसी गाँव में गए। वहाँ एक स्त्री ने उनसे पूछा, 'आप तो किसी राजकुमार की तरह दिखते हैं, आपने युवावस्था में गेरुआ वस्त्र क्यों धारण किया है?'

बुद्ध ने उत्तर दिया, 'मैंने तीन प्रश्नों के हल ढूँढ़ने के लिए संन्यास लिया है। हमारा शरीर युवा और आकर्षक है, लेकिन यह वृद्ध होगा, फिर बीमार होगा और अंत में यह मृत्यु को प्राप्त हो जाएगा। मुझे वृद्धावस्था, बीमारी और मृत्यु के कारण का ज्ञान प्राप्त करना है।'

बुद्ध की बात सुनकर स्त्री बहुत प्रभावित हो गई और उसने उन्हें भोजन के लिए आमंत्रित किया।

जैसे ही यह बात गाँव के लोगों को मालूम हुई तो सभी ने बुद्ध से कहा कि वे

उस स्त्री के यहाँ न जाए, क्योंकि वह स्त्री चरित्रहीन है।'

बुद्ध ने गाँव के सरपंच से पूछा, 'क्या यह बात सही है?'

सरपंच ने भी गाँव के लोगों की बात से सहमति जताई। तब बुद्ध ने सरपंच का एक हाथ पकड़कर कहा कि अब ताली बजाकर दिखाओ। इस पर सरपंच ने कहा, 'यह असंभव है, एक हाथ से ताली नहीं बज सकती।'

बुद्ध ने कहा, 'ठीक इसी प्रकार कोई स्त्री अकेले ही चरित्रहीन नहीं हो सकती। यदि इस गाँव के पुरुष चरित्रहीन नहीं होते तो वह स्त्री भी चरित्रहीन नहीं होती।'

गाँव के सभी पुरुष बुद्ध की ये बात सुनकर शर्मिंदा हो गए।

□

55
उपदेशिका

बहुत समय पहले की बात है। एक चिड़िया ज्यादातर ऐसे राजमार्ग पर रहती थी, जहाँ से अनाज से लदी गाड़ियाँ गुजरती थीं। चावल, मूँग, अरहर के दाने इधर-उधर बिखरे पड़े रहते। वह जी भरकर दाना चुगती। एक दिन उसने सोचा कि मुझे कुछ ऐसी तरकीब करनी चाहिए कि अन्य पक्षी इस रास्ते पर न आएँ, वरना मुझे दाना कम पड़ने लगेगा।

उसने दूसरी चिड़ियों से कहना शुरू कर दिया, 'राजमार्ग पर मत जाना, वह बड़ा खतरनाक है। उधर से जंगली हाथी-घोड़े व मारनेवाले बैलोंवाली गाड़ियाँ निकलती हैं। वहाँ से जल्दी से उड़कर सुरक्षित स्थान पर पहुँचा भी नहीं जा सकता।'

उसकी बात सुनकर पक्षी डर गए और उसका नाम उपदेशिका रख दिया।

एक दिन वह राजपथ पर चुग रही थी। जोर से आती गाड़ी का शब्द सुनकर उसने पीछे मुड़कर देखा, 'अरे, अभी तो वह बहुत दूर है, थोड़ा और चुग लूँ।' सोचकर दाना खाने में इतनी मग्न हो गई कि उसे पता ही नहीं लगा कि गाड़ी कब उसके नजदीक आ गई। वह उड़ न सकी और पहिए के नीचे कुचल जाने से मर गई।

थोड़ी देर में खलबली मच गई, 'उपदेशिका कहाँ गई, उपदेशिका कहाँ गई?' ढूँढ़ते-ढूँढ़ते वह मिल ही गई। अरे, यह तो मरी पड़ी है, वह

भी राजमार्ग पर। हमें तो यहाँ आने से रोकती थी और खुद दाना चुगने चली आती थी। सारे पक्षी कह उठे।

एक पक्षी बोला, 'जो उपदेशक अपने को नियंत्रण में नहीं रख सकता, उनका हाल इस चिड़िया की तरह ही होता है।'

□

56

खेती

एक बार भगवान् बुद्ध भिक्षा के लिए एक किसान के यहाँ पहुँचे। तथागत को भिक्षा के लिए आया देखकर किसान उपेक्षा से बोला, 'श्रमण मैं हल जोतता हूँ और तब खाता हूँ, तुम्हें भी हल जोतना और बीज बोना चाहिए और तब खाना खाना चाहिए।'

बुद्ध ने कहा, 'महाराज, मैं भी खेती ही करता हूँ।'

इस पर किसान को जिज्ञासा हुई, बोला, 'गौतम, मैं न तुम्हारा हल देखता हूँ न बैल और न ही खेती के स्थल। तब आप कैसे कहते हैं कि आप भी खेती ही करते हैं। आप कृपया अपनी खेती के संबंध में समझाएँ।'

बुद्ध ने कहा, 'महाराज, मेरे पास श्रद्धा का बीज, तपस्या रूपी वर्षा,

प्रज्ञा रूपी जोत और हल है। पापभीरुता का दंड है, विचार रूपी रस्सी है, स्मृति और जागरूकता रूपी हल की फाल और पेनी है। मैं वचन और कर्म में संयत रहता हूँ। मैं अपनी इस खेती को बेकार घास से मुक्त रखता हूँ और आनंद की फसल काट लेने तक प्रयत्नशील रहनेवाला हूँ। अप्रमाद मेरा बैल है, जो बाधाएँ देखकर भी पीछे मुँह नहीं मोड़ता। वह मुझे सीधा शांति धाम तक ले जाता है। इस प्रकार मैं अमृत की खेती करता हूँ।'

□

57

भौंकने का मजा

किसी जंगल में सभी जीव आपस में मिल-जुलकर रहते थे। सभी अपने-अपने काम-धंधे में लगे रहते थे। सबका जीवन व्यवस्थित सुचारु रूप से चल रहा था। जंगल में एक विशाल बरगद का पेड़ था, जहाँ सभी जीव एकत्रित हो अपना सुख-दुःख बताते-बतियाते। सभी अपने-अपने विचारों से एक-दूसरे को अवगत कराते। सभी विषयों पर स्वस्थ परिचर्चाएँ होतीं। सभी एक-दूसरे का सम्मान करते। वह एक सार्वजनिक स्थल था, जहाँ निस्संकोच कोई भी अपने विचार रख सकता था।

कुछ दिन बाद दूसरे जंगल से एक कुत्ता घूमते-घामते इस जंगल में आ गया। दरअसल वह अपने कारनामों की वजह से ही उस जंगल से निकाल दिया गया था। वह भी उस बरगद के नीचे होनेवाली सभा में जाने लगा और अपना मेल-जोल बढ़ाने लगा।

कुछ ने उसके विचारों का समर्थन भी किया। कुछ चाटुकारों का साथ मिलते ही वह घमंड से चूर हो गया। उसने कुछ और विचार रखे। उसके चमचे जानवरों ने उसकी बहुत वाह-वाह की। वह फूलकर कुप्पा हो गया। घमंड उसके सिर इतना चढ़ गया कि वह किसी को कुछ समझ ही नहीं रहा था। कुछ सज्जन जीवों ने उसे बार-बार समझाने की कोशिश की, पर समझदारी से तो जैसे उसका नाता दूर-दूर तक नहीं था। सज्जन जीव प्राय

हो-हल्ला और हंगामे से दूर ही रहना पसंद करते हैं। सो उन्होंने उससे बोलना बंद कर दिया। इसे उसने उन सज्जनों की कमजोरी समझा और अपने कुछ उजड्ड साथियों के साथ दूसरों पर भौंकता ही रहा। कई जीवों ने उसे सभ्यता से समझाने कि कोशिश की, परंतु वह जानता था कि जंगल में प्रजातांत्रिक व्यवस्था है और अभिव्यक्ति की आजादी है, सो वह स्वच्छंद होकर भौंकता रहा। जो भी उसको समझाने जाए, वह उसको भौंकते हुए काटने को दौड़े। कई लोगों ने उसे समझाया कि अगर तुममें काबलियत है तो अपने अच्छे विचार प्रस्तुत करो और सबको प्रभावित करो, पर उसे तो विचारों से दुश्मनी थी। वह तो दूसरे को परेशान करने में ही अपनी बहादुरी समझता था। धीरे-धीरे सारे जीव उससे किनारा करने लगे। प्रारंभ में कई लोग उसके भौंकने से परेशानी महसूस करते थे, अब वे ही उसके अनर्गल भौंकने का मजा उठाने लगे। स्थिति यह हो गई कि अब अन्य जीव अपने यहाँ किसी मेहमान के आने पर उसके मनोरंजन के लिए उस कुत्ते का भौंकना सुनवाने लगे। सभी जीवों ने उसे एक निरर्थक भौंकनेवाला कुत्ता मान लिया और उसके भौंकने को मनोरंजक रूप में लेने लगे। वह भी निःशुल्क।

जंगल का जीवन पुनः सामान्य हो गया।

□

58

उपदेशामृत

एक बड़ी दुखियारी स्त्री थी। पति, पुत्र, परिवार सब उसका नष्ट हो गया था। मारे दुःख के वह पागल हुई फिरती थी। कपड़े पहनने का भी उसे होश नहीं था। उसका नाम पटाचारा था। एक दिन घूमते हुए वह बुद्ध के पास, जैतवन आराम में आ गई। उस नग्न स्त्री को देखकर लोगों ने कहा, 'यह पागल है। इसे इधर मत आने दो।'

बुद्ध ने कहा, 'इसे मत रोको।'

जैसे ही वह पास आई, बुद्ध ने कहा, 'भगिनि, स्मृति लाभ कर।'

स्त्री को कुछ होश आया। लोगों ने उस पर कपड़े डाल दिए, जिन्हें उसने ओढ़ लिया। स्त्री फूट-फूटकर रोने लगी। बुद्ध ने अपने उपदेशामृत से उसके शोक को दूर कर दिया।

□

59

गलती का एहसास

बहुत पुरानी बात है, मगध राज्य में सोनापुर नाम का एक गाँव था। उस गाँव के लोग शाम होते ही अपने घरों में आ जाते थे और सुबह होने से पहले कोई भी घर के बाहर कदम भी नहीं रखता था। इसका कारण डाकू अंगुलीमाल था।

डाकू अंगुलीमाल मगध के जंगलों की गुफा में रहता था। वह लोगों को लूटता था और जान से भी मार देता था। लोगों को डराने के लिए वह जिसे भी मारता, उसकी एक उँगली काट लेता और उन उँगलियों की माला बनाकर पहनता, इसलिए उसका नाम अंगुलिमाल पड़ गया। गाँव के सभी लोग परेशान थे कि कैसे इस डाकू के आतंक से छुटकारा मिले।

एक दिन गौतम बुद्ध उस गाँव में पधारे। गाँव के लोग उनकी आवभगत करने लगे। गौतम बुद्ध ने देखा कि गाँव के लोगों में किसी बात को लेकर दहशत फैली है। बुद्ध ने गाँववालों से इसका कारण पूछा। गाँववालों ने अंगुलिमाल के आतंक का पूरा किस्सा उन्हें सुनाया।

अगले ही दिन गौतम बुद्ध जंगल की तरफ निकल गए, गाँववालों ने उन्हें बहुत रोका, पर वह नहीं माने। बुद्ध को आते देख अंगुलिमाल हाथों में तलवार लेकर खड़ा हो गया, पर बुद्ध उसकी गुफा के सामने से निकल गए, उन्होंने पलटकर भी नहीं देखा। अंगुलिमाल उनके पीछे दौड़ा, पर दिव्य प्रभाव

के कारण वह बुद्ध को पकड़ नहीं पा रहा था।

थक-हार कर उसने कहा, 'रुको।'

बुद्ध रुक गए और मुसकराकर बोले, 'मैं तो कब का रुक गया, पर तुम कब यह हिंसा रोकोगे।'

अंगुलिमाल ने कहा, 'संन्यासी, तुम्हें मुझसे डर नहीं लगता। सारा मगध मुझसे डरता है। तुम्हारे पास जो भी माल है, निकाल दो, वरना जान से हाथ धो बैठोगे। मैं इस राज्य का सबसे शक्तिशाली व्यक्ति हूँ।'

बुद्ध जरा भी नहीं घबराए और बोले, 'मैं, यह कैसे मान लूँ कि तुम ही इस राज्य के सबसे शक्तिशाली इनसान हो। तुम्हें यह साबित करके दिखाना होगा।'

अंगुलिमाल बोला, 'बताओ, कैसे साबित करना होगा?'

बुद्ध ने कहा, 'तुम उस पेड़ से दस पत्तियाँ तोड़कर लाओ।'

अंगुलिमाल ने कहा, 'बस इतनी सी बात, मैं तो पूरा पेड़ उखाड़ सकता हूँ।'

अंगुलिमाल ने दस पत्तियाँ तोड़कर ला दीं।

बुद्ध ने कहा, 'अब इन पत्तियों को वापस पेड़ पर जाकर लगा दो।'

अंगुलिमाल ने हैरान होकर कहा, 'टूटे हुए पत्ते कहीं वापस लगते हैं क्या?'

बुद्ध बोले, 'जब तुम इतनी छोटी सी चीज को वापस नहीं जोड़ सकते तो तुम सबसे शक्तिशाली कैसे हुए?'

'यदि तुम किसी चीज को जोड़ नहीं सकते तो कम-से-कम उसे तोड़ो मत, यदि किसी को जीवन नहीं दे सकते तो उसे मृत्यु देने का भी तुम्हें कोई अधिकार नहीं है।'

यह सुनकर अंगुलिमाल को अपनी गलती का एहसास हो गया। वह बुद्ध का शिष्य बन गया और उसी गाँव में रहकर लोगों की सेवा करने लगा। आगे चलकर यही अंगुलिमाल बड़ा संन्यासी बना और अहिंसका के नाम से प्रसिद्ध हुआ।

□

60

मुक्ति-पथ

भगवान् बुद्ध धर्म प्रचार करते हुए काशी की ओर जा रहे थे। रास्ते में जो भी उनके सत्संग के लिए आता, उसे वे बुराइयाँ त्यागकर अच्छा बनने का उपदेश देते। उसी दौरान उन्हें उपक नाम का एक गृहत्यागी मिला। वह गृहस्थ को सांसारिक प्रपंच मानता था और किसी मार्गदर्शक की खोज में था। भगवान् बुद्ध के तेजस्वी व निश्छल मुख को देखते ही वह मंत्रमुग्ध होकर खड़ा हो गया। उसे लगा कि पहली बार किसी का चेहरा देखकर उसे अनूठी शांति मिली है। उसने अत्यंत विनम्रता से पूछा, 'मुझे आभास हो रहा है कि आपने पूर्णता को प्राप्त कर लिया है?'

बुद्ध ने कहा, 'हाँ, यह सच है। मैंने निर्वाणिक अवस्था प्राप्त कर ली है।'

उपक यह सुनकर और प्रभावित हुआ। उसने पूछा, 'आपका मार्गदर्शक गुरु कौन है?'

बुद्ध ने कहा, 'मैंने किसी को गुरु नहीं बनाया। मुक्ति का सही मार्ग मैंने स्वयं खोजा है।'

'क्या आपने बिना गुरु के तृष्णा का क्षय कर लिया है?'

बुद्ध ने कहा, 'हाँ, मैं तमाम प्रकार के पापों के कारणों से पूरी तरह मुक्त होकर सम्यक बुद्ध हो गया हूँ।'

उपक को लगा कि बुद्ध अहंकारवश ऐसा दावा कर रहे हैं। कुछ ही

दिनों में उसका मन भटकने लगा। एक शिकारी की युवा पुत्री पर मुग्ध होकर उसने उससे विवाह कर लिया। फिर उसे लगने लगा कि अपने माता-पिता व परिवार का त्यागकर उनसे एक प्रकार का विश्वासघात किया है। वह फिर बुद्ध के पास पहुँचा। संशय ने पूर्ण विश्वास व श्रद्धा का स्थान ले लिया। वह बुद्ध की सेवा-सत्संग करके स्वयं भी मुक्ति पथ का पथिक बन गया।

□

61

समाधान

एक राजा का एक बड़ा राज्य था। एक दिन उसे राज्य-भ्रमण का विचार आया और घूमने निकल पड़ा। जब वह यात्रा से लौटकर अपने महल आया, उसने अपने मंत्रियों से पैरों में दर्द होने की शिकायत की। राजा का कहना था कि मार्ग में जो कंकड़-पत्थर थे, वे मेरे पैरों में चुभ गए और इसके लिए कुछ इंतजाम करना चाहिए।

कुछ देर विचार करने के बाद उसने अपने सैनिकों व मंत्रियों को आदेश दिया कि देश की संपूर्ण सड़कें चमड़े से ढक दी जाएँ।

राजा का ऐसा आदेश सुनकर सब सकते में आ गए, लेकिन किसी ने भी मना करने की हिम्मत नहीं दिखाई। यह तो निश्चित ही था कि इस काम के लिए बहुत सारे रुपए की जरूरत थी। फिर भी किसी ने कुछ नहीं कहा। कुछ देर बाद राजा के एक बुद्धिमान मंत्री ने एक युक्ति निकाली। उसने राजा के पास जाकर डरते हुए कहा कि मैं आपको एक सुझाव देना चाहता हूँ। अगर आप इतने रुपयों को अनावश्यक रूप से बरबाद न करना चाहें तो एक अच्छी तरकीब मेरे पास है, जिससे आपका काम भी हो जाएगा और अनावश्यक रुपयों की बरबादी भी बच जाएगी।

राजा आश्चर्यचकित था, क्योंकि पहली बार किसी ने उसकी आज्ञा न मानने की हिमाकत की थी। उसने कहा, 'बताओ क्या सुझाव है।'

मंत्री ने कहा, 'पूरे देश की सड़कों को चमड़े से ढकने के बजाय आप चमड़े के एक टुकड़े का उपयोगकर अपने पैरों को ही क्यों नहीं ढक लेते।'

राजा ने अचरज की दृष्टि से मंत्री को देखा और उसके सुझाव को मानते हुए अपने लिए जूते बनवाने का आदेश दे दिया।

□

62
अंधानुकरण

एक गाँव में एक पंडितजी रहते थे, पंडितजी नियमित रूप से पूजा पाठ में निमग्न रहते थे। एक दिन पंडितजी ने कोई धार्मिक अनुष्ठान का आयोजन किया। पूजा प्रारंभ हुई। गाँव के बहुसंख्यक लोग भी पूजा में भाग लेने के लिए उपस्थित थे। पंडितजी ने बकरी का एक बच्चा पाल रखा था। जानवरों के बच्चे भी नटखट होते हैं। बकरी का बच्चा भी भाग-दौड़, उछल-कूद करता और बार-बार पूजास्थल में घुसकर पूजा में व्यवधान डालता था।

पंडितजी बकरी के बच्चे की हरकतों से परेशान हो गए। फिर उन्हें एक उपाय सूझा। उन्होंने पूजा संपन्न होने

तक बकरी के बच्चे को लकड़ी की एक टोकरी से ढक दिया। इस प्रकार उन्होंने अपनी पूजा संपन्न की।

गाँववाले यह सब देख रहे थे। चूँकि पंडितजी बड़े बिद्वान् माने जाते थे और गाँव में उनका बड़ा सम्मान था, इस कारण लोगों ने सोचा कि बकरी के बच्चे को टोकरी से ढकने के पीछे जरूर कोई-न-कोई रहस्य है। शायद यह भी पूजा का ही एक अहम् हिस्सा है। किसी ने भी पंडितजी से वास्तविकता, इसका कारण जानने की जहमत नहीं उठाई। फिर क्या था, गाँव के सभी लोग, जब पूजा करते तो पंडितजी का अनुसरण करते हुए बकरी के एक बच्चे को लकड़ी की टोकरी से ढककर पूजा संपन्न करते। जिसके पास बकरी का बच्चा नहीं होता, वह खरीद कर लाता। इस प्रकार गाँव में एक नई परंपरा बन गई।

□

63

प्रेम की कीमत

बुद्ध का अंतिम दिन था, जिस दिन वे भोजन करने एक बहुत गरीब लुहार के यहाँ गए थे। लुहार अत्यंत गरीब था, उसके पास बुद्ध को खिलाने के लिए कुछ नहीं था। बरसात में लकड़ियों पर उगनेवाली छतरीनुमा कुकुरमुत्ते की सब्जी बड़े प्रेम से बना लाया।

जहर से ज्यादा कड़वी सब्जी खाते रहे बुद्ध, वह पूछता रहा कैसी लगी? बुद्ध मुसकाए तो उसने और सब्जी थाली में डाल दी। उसका प्रेम देख बुद्ध मुसकाते थे और पूरी सब्जी खा गए। देह में जहर फैल गया।

वैद्य बोले, 'आप जानते थे सब, फिर भी उस लुहार को रोका क्यों नहीं?'

बुद्ध मुसकाए

और बोले, 'मौत तो एक दिन आनी ही थी, मौत के लिए प्रेम को कैसे रोक देता? मैंने प्रेम को आने दिया, प्रेम को होने दिया और मौत को स्वीकार किया। हानि कुछ ज्यादा नहीं। कल-परसों में मरना ही था, लेकिन प्रेम की कीमत पर जीवन को कैसे नहीं बचा सकता हूँ?'

□

64

तीसरी मंजिल

पुराने समय की बात है। किसी नगर में रोमा और सोमा नामक दो धनी व्यापारी रहते थे। वे दोनों ही अपने धन और वैभव का बड़ा प्रदर्शन करते थे।

एक दिन रोमा अपने मित्र सोमा के घर उससे भेंट करने गया। रोमा ने देखा कि सोमा का घर बहुत विशाल और तीन मंजिला था। रोमा ने यह भी देखा कि नगर में सभी निवासी सोमा के घर को बड़े विस्मय से देखते थे और उसकी बहुत बड़ाई करते थे।

अपने घर वापसी पर रोमा बहुत उदास था कि सोमा के घर ने सभी का ध्यान खींच लिया था। उसने उसी वास्तुकार को बुलवाया, जिसने सोमा का घर बनाया था। उसने वास्तुकार से सोमा के घर जैसा ही तीन मंजिला घर बनाने को कहा। वास्तुकार ने इस काम के लिए हामी भर दी और काम शुरू हो गया।

कुछ दिनों बाद रोमा काम का मुआयना करने के लिए निर्माण स्थल पर गया। जब उसने नींव खोदे जाने के लिए मजदूरों को गहरा गड्ढा खोदते देखा तो वास्तुकार को बुलाया और पूछा कि 'इतना गहरा गड्ढा क्यों खोदा जा रहा है।'

'मैं, आपके बताए अनुसार तीन मंजिला घर बनाने के लिए काम कर रहा

हूँ,' वास्तुकार ने कहा, 'सबसे पहले मैं मजबूत नींव बनाऊँगा, फिर क्रमशः पहली मंजिल, दूसरी मंजिल और तीसरी मंजिल बनाऊँगा।'

'मुझे इस सबसे कोई मतलब नहीं है।' रोमा ने कहा, 'तुम सीधे ही तीसरी मंजिल बनाओ और उतनी ही ऊँची बनाओ, जितनी ऊँची तुमने सोमा के लिए बनाई थी। नींव की और बाकी मंजिलों की परवाह मत करो।'

'ऐसा तो नहीं हो सकता,' वास्तुकार ने कहा।

'ठीक है, य़दि तुम यह नहीं करोगे तो मैं किसी और से करवा लूँगा,' रोमा ने नाराज होकर कहा। उस नगर में कोई भी वास्तुकार नींव के बिना वह घर नहीं बना सकता था, फलतः वह घर कभी न बन पाया।

□

65
वक्कलि

बुद्ध का एक भिक्षु शिष्य था वक्कलि। वह एक बार बीमार पड़ गया। उसने अपने एक साथी भिक्षु द्वारा भगवान् का दर्शन करने की अपनी इच्छा उन तक पहुँचवाई। भगवान् उसकी इच्छा पूरी करने उसके पास गए। दूर से भगवान् को आता देखकर वक्कलि उनका सम्मान करने और उनको आसन देने के लिए चारपाई से उठने की चेष्टा करने लगा। भगवान् ने उसे यह कहकर रोक दिया कि अलग आसन तैयार है। उसके हिलने-डुलने की आवश्यकता नहीं है और वह बिछे आसन पर बैठ गए।

वक्कलि ने उसकी वंदना करते हुए कहा, 'आपके दर्शन की मेरी बड़ी इच्छा थी। आपने कृपा करके उसे पूरा कर दिया।'

बुद्ध ने कोमल स्वर में कहा, 'वक्कलि शांत हो जा। तेरी जैसी गंदी काया है, वैसी ही मेरी है। वक्कलि, इस गंदी काया को देखने से क्या लाभ? जो धर्म को देखता है, वह मुझे देखता है। जो मुझे देखता है, वह धर्म को देखता है।'

□□□